나 아직 안 죽었다

일러두기

사투리, 입말을 살려 맞춤법 표기를 따르지 않는 표현이 자주 등장합니다.

나 아직 안 죽었다

초판 1쇄 발행 2021년 4월 2일

지은이 김재완

펴낸이 조기흠
편집이사 이홍 / **책임편집** 박단비 / **기획편집** 유소영, 정선영, 임지선
마케팅 정재훈, 박태규, 김선영, 홍태형, 배태욱 / **디자인** 문성미 / **제작** 박성우, 김정우

펴낸곳 한빛비즈(주) / **주소** 서울시 서대문구 연희로2길 62 4층
전화 02-325-5506 / **팩스** 02-326-1566
등록 2008년 1월 14일 제 25100-2017-000062호

ISBN 979-11-5784-490-6 03810

이 책에 대한 의견이나 오탈자 및 잘못된 내용에 대한 수정 정보는 한빛비즈의 홈페이지나
이메일(hanbitbiz@hanbit.co.kr)로 알려주십시오. 잘못된 책은 구입하신 서점에서 교환해드립니다.
책값은 뒤표지에 표시되어 있습니다.

⌂ hanbitbiz.com 🅕 facebook.com/hanbitbiz 🆄 post.naver.com/hanbit_biz
▶ youtube.com/한빛비즈 🅞 instagram.com/hanbitbiz

지금 하지 않으면 할 수 없는 일이 있습니다.
책으로 펴내고 싶은 아이디어나 원고를 메일(hanbitbiz@hanbit.co.kr)로 보내주세요.
한빛비즈는 여러분의 소중한 경험과 지식을 기다리고 있습니다.

나 아직 안 죽었다

긴긴세대 헌정 에세이

김재완 지음

HB 한빛비즈 Hanbit Biz, Inc.

세상은 나를 X세대라고 규정했다. 남들과 똑같은 것을 거부하는, 반항심이 가득한, 개성이 강하고 그만큼 이해하기 힘든 신인류. 사실 나는 그렇게 멋대로 살아본 적이 없다. 오히려 신인류와는 거리가 멀다. 부모님, 선배들이 하라는 대로 충실히, 평범하게 살았던 세상 보통의 어른이다. 공부 열심히 해서 좋은 직장 들어가고, 나만의 가정을 꾸려서 성실하게 사는 어른. 나는 항상 집단의 일부로 살기를 바랐고, 가끔씩 내가 가는 길의 방향을 의심하면서도 남들도 다 그렇게 산다는 말에 빠르게 수긍하며 살았다. 내가 느끼기에 "나는 나야" "남들이 하라는 대로 살기 싫어"를 외치던 신인류는 TV 속에나 존재했을 뿐이다.

그렇게 착실한 회사 부품이 되어 "에이, 요즘 애들은 말이야"라는 386세대의 등쌀에도 비위를 맞추며 버텼는데, 이젠 꼰대 소리 들으며 90년대생을 공부해야 하는 처지에 이르렀다. 도대체 이놈에 세대 구분은 어떤 놈이 하는 건지. X세대 신인류로 불리던 나처럼 90년대생들도 '요즘 것들'이라고 불리는 것이 싫지는 않을까?

내가 생각하기에 우리의 삶은 대부분 비슷하다. '문제 있는 요즘 애들' 소리 들으며 자라다가 '답 없는 꼰대' 소리 들으며 인생을 마무리하는 것. 하지만 이 책만큼은 세대 구분 없이 편하게 읽었으면 좋겠다. 내 또래들은 마음껏 함께 추억을 회상하고, 중간중간 '나는 어땠나', '지금은 어떤가' 하면서 앞으로의 삶을 재정비하고, 젊은 친구들은 '아, 사람 사는 거 크게 다르지 않구나', '저 땐 저랬구나' 하면서 재밌게 읽어주면 좋겠다. 나의 이야기를 발판 삼아 더 멋있게 살아도 좋겠다.

이 이야기는 아주 평범한 74년생 저자의 이야기다. 나를 만들었던 따뜻하고 재미난 가족과 추억에 대해서, 열심히 부속품 역할을 하다 뒤통수 씨-게 맞은 직장 생활(좌천, 공황장애와 극복)에 대해서, 드디어 정신을 차리고 자신에게 집중해 살게 된 현생에 대해서 주절거리는 이야기다. 나이 마흔이 넘어서야 진짜 X세대처럼 하고 싶은 일을 시작했다. 여태 내가 얻은 것은 3권의 책과 한 줌의 인세지만, 나는 행복하다.

나보다 먼저 내 가능성을 알아보고 엉뚱한 권유를 해준 아내에게 감사하다. 내 이야기에 귀 기울여준 90년대생 에디터에게도 감사하다. 내 이야기를 통해 여러분이 잠시나마 세상 사는 고단함을 잊었으면 한다. 이 책이 신나는 추억 팔이의 장(場)이 됐다가 서로의 인생사를 토닥여줄 수 있는 따뜻한 수다의 장도 되고 했으면 좋겠다.

Family
Track

가족

**피가 되고
살이 되고**

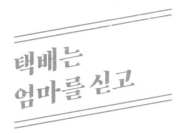

택배는 엄마를 싣고

엄마가 본격적으로 나에게 택배를 보내기 시작한 것은 1998년부터이다. 군대를 전역한 내가 자취를 시작했기 때문이다. 당시 나는 드디어 어른이 됐다고 생각했지만, 엄마 눈에는 철없는 25살일 뿐이었다.

나는 취업한 후에도 월세를 아끼기 위해 친구들과 반지하에서 살았다. 집은 빛도 제대로 들지 않았지만 먹는 거만큼은 엄마의 택배 덕분에 호사를 누릴 수 있었다. 라면에 집 김치라니. 정말 그 시절 우리에게는 큰 호사였다.

엄마의 택배는 항상 놀라웠는데 그중 친구들이 가장 놀란 것은 카레였다. 엄마는 카레에 들어갈 고기와 각종 채소를 조리한 후 개별로 봉투에 넣어서 보냈다. 그야말로 끓는 물에 카레 가루를 풀고 엄마가 보내준 재료만 투하하면 됐다. 우리는 반지하에서 '나마스떼'를 외치며 엄마표 카레를 먹었다.

서른을 훌쩍 넘기고 요리 비슷한 것을 해 먹기 시작했지만, 주재료는 항상 엄마의 택배 상자에서 나왔다. 그중에서도 그 시절 나의 지친 영혼을 달래준 소울푸드가 있다.

월요일 회의 시간이면 모두를 집어삼킬 듯 난리를 치던 부장이 있었다. 덕분에 나는 일요일 저녁부터 신경성 위염에 시달렸고, 월요일 회의를 마치고 나면 탈진 상태에 이르렀다. 긴장한 탓인지, 온종일 사무실에 앉아 있기만 했는데도 근육통에 몸이 짓눌리는 기분이었다. 그런 날은 퇴근길에 정육점에서 냉동 삼겹살 한 근을 산 후, 집 문을 열자마자 양복을 입은 채로 고기를 굽기 시작한다. 고기의 앞뒷면을 70% 정도만 익힌 후, 엄마가 시골에서 보내준 통마늘을 고깃기름에 굽는다. 그리고 마지막으로 엄마의 40년 내공이 담긴 신 김치를 투입하면 조리 끝이다. 이 간단한 음식의 효과는 놀라웠다. 당시 그 어떠한 보양식보다도 나의 원기를 회복시켜주며, 정신적인 안정감까지 제공해 주었다.

요즘은 엄마의 택배 덕분에 바쁜 현대사회 속에서도 계절의 변화를 체감한다. 엄마는 시골 오일장에서 매번 제철 나물을 사서 보낸다. 엄마의 택배 상자 속 두릅이나 도라지는 도시의 마트에서는 볼 수 없는 생명력이 느껴진다.

"여보! 자기가 두릅을 너무 좋아해서 내가 근처 마트를 다 다녀봐도 어머님이 보내준 시골 두릅만 한 건 없어."

도시에서의 회사 생활은 잃는 것도 많지만, 얻는 것도 많다(주로 나쁜 것이라는 것이 함정이지만). 그중 하나가 비염이다. 홀로 4년 넘게 고생하다 엄마에게 SOS를 보냈다. 엄마는 시장에서 산삼과 거의 동급이라는 도라지로 즙을 만들어 택배로 보내주셨다. 이전에 도라지즙을 안 먹어 본 게 아니었기 때문에 반신반의했으나 결과는 여러분이 상상하는 그대로다.

이런 경우도 있었다. 내 나이쯤 되니 주위에 탈모로 세상 모든 근심을 이고 사는 지인들이 많아졌다. 탈모를 정복하는 사람은 의학계는 물론이고 세계 평화를 지키는 영웅이 될 거라고 말하는 이도 있다. 어느 순간, 나도 그 외침에 동참하게 됐다. 20년 만의 폭염이었다는 어느 여름이 지난 후,

내 머리 볼륨이 눈에 띄게 주저앉았다. 나는 극심한 스트레스로 쉬이 잠들지 못하는 밤이 많아졌다. 내가 지나간 자리마다 떨어진 머리카락을 줍느라 지친 아내가 엄마에게 하소연했다.

"어머니! 이번 여름 지나고 재완 씨 머리가 너무 빠져서 걱정이에요."

3주 후 엄마가 보낸 택배에는 엄마표 탈모약이 들어있었다.

"TV에 보니까 어성초가 탈모에 좋다더라. 시골에서 직접 구한 어성초로 만든 거니까 부지런히 뿌려라."

도라지의 효험을 직접 체험하였기에 믿음을 가지고 열심히 뿌렸다. 2년 후 나는 현빈처럼 머리숱이 풍성해지진 않았지만, 몹시도 더웠던 그해 여름 상실했던 머리숱만큼은 회복하게 되었다. 아내와 나는 엄마의 택배에서 일어나는 작은 기적들을 목격하는 증인이 되었다.

엄마는 때론 과하다 싶은 아이템으로 택배를 꾸리기도

한다. 직접 빚은 만두를 냉동해서 보내거나, 옆집 아주머니가 만든 손두부를 보내거나 하는. 안타깝지만 배달 도중 이 정성 가득한 만두는 냉동과 해동을 반복하며 신선함을 잃어버리고, 두부는 가끔 부패한 상태로 도착한다.

"여보! 그래도 맛있게 먹었다고 말씀드려야겠어. 음식 이렇게 된 거 알면 어머니 너무 실망하시더라고."

엄마는 혼자서 맛있는 걸 드시다 보면 자꾸 자식 생각이 난다고 한다. 그리고 다음 날이면 어김없이 택배를 꾸리신다. 아들은 도시의 온갖 맛집을 누비며 잘 먹고 다니는데도 말이다.

코로나 바이러스가 대한민국을 덮친 어느 날, 엄마는 택배 꾸러미를 꾸리다 몸살이 났다.

"엄마! 택배가 뭐가 급하다고! 당분간 택배 보낼 생각하지 말고 제발 좀 쉬세요. 그러다 정말 큰일 나요."

엄마가 걱정되는 만큼 좀 더 부드럽게, 다정한 목소리로 말하지 못했다. 왜 엄마에게는 항상 그게 잘 안될까? 나는 내가 가진 몇 안 되는 장점, '빠른 사과'를 실천하기로 하고 다음 날 엄마에게 다시 전화했다. 엄마는 어제 무슨 일 있었 냐는 듯이 전화를 받으셨다.

"알지! 우리 아들 마음 내가 왜 몰라. 엄마 괜찮으니까 걱정 말 아. 내가 택배 보내는 게 유일한 낙이야. 내가 너 장가갈 때 해 준 게 없어서, 이렇게라도 해줘야 내 마음이 편해."

TV를 보면 팔순이 넘은 할머니들이 굽은 등을 이고 밭과 갯벌로, 심지어 바다로 나가 잠수도 하신다. 그리고 그녀들 은 한결같이 말한다.

"자식들이 하지 말라고 해도 내가 하고 싶어요. 내 몸 조금만 움직이면 용돈도 되고 자식들, 손주들 입에 들어갈 게 생기 잖아."

나의
라이언 킹

나도 여느 아들처럼 아버지와 살갑게 대화를 나누는 아들은 아니었다. 베이비붐세대 아버지와 X세대 아들의 조합이니 어련했을까? 아버지와 나는 닮은 듯 여러 면에서 달랐다. 특히 주량이 매우 달랐다. 술을 지나치게 사랑하던 아버지에 반해 나는 주량이 소주 두 잔이며, 마흔이 넘은 요즘은 1년 내내 술을 한 잔도 안 마실 때도 있다. 반면 아버지는 돌아가시기 이전 해까지, 반주로 소주 반병을 그야말로 즐기셨다.

그런 아버지와 나를 이어주던 유일한 대화 주제는 스포츠였다. 아버지와 나는 모든 스포츠를 좋아했지만, 특히 야구에 열광했다. 야구 얘기만 나오면 우리는 최고의 수다 콤비가 되었다. 우리가 응원하는 팀은 지역 연고 팀인 '삼성 라이온즈'였다.

1982년 '대머리 그 사람'의 시구로 한국 프로야구는 화려하게 막이 올랐다. 개막전은 MBC 청룡과 삼성 라이온즈의 대결이었다.

"삼성 라이온즈는 경북을 대표하니까 우리는 삼성 라이온즈를 응원하는 거다."

아버지의 그 한마디로 나의 팀이 정해졌고, 평생 이어졌다. 나는 아버지를 통해 야구 규칙을 배웠는데, 아들과의 대화에 서툰 것이 분명했던 아버지도 야구를 설명할 때만은 평소와 달리 친절했다.

함께 야구를 봤던 첫 경기. 야구 규칙을 잘 모르는데도 불구하고, 그날의 경기는 박진감이 넘쳤다. 한국 프로야구 1호 안타와 1호 홈런의 주인공 이만수 아저씨가 그라운드를 껑충껑충 뛸 때는 나도 아버지와 함께 머리 위 낮은 천장을 뚫을 기세로 뛰어올랐다. 마지막까지 승패를 알 수 없던 경기는 야구사에 두고두고 회자되는 MBC 청룡 이종도 선수의 끝내기 만루 홈런으로 끝이 났다. 비록 경기에는 졌지만, 나는 그 순간부터 심장에서 푸른 피(라이온즈 유니폼 색깔)가 샘솟는 새끼 사자로 거듭났다.

당시에는 요즘처럼 다채널 시대가 아니라 라이온즈의 경기를 매일 볼 순 없었다. 그래서 라이온즈의 TV 경기가 없는 날은 아버지와 함께 라디오를 들었다.

"아! 크다! 크다! 홈런? 아! 아쉽습니다. 이만수 선수의 타구가 펜스 바로 앞에서 잡히고 말았습니다."

라디오 캐스터는 목소리만으로 우리 부자를 쥐락펴락했다. 주말 낮 경기가 있는 날은 집에서 점심을 먹은 후 아버지가 운영하던 체육사로 달려갔다. 운동에 필요한 여러 기구와 장비를 팔던 아버지의 조용한 체육사는, 어느새 우리 부자의 응원 소리로 가득 채워졌다. 아버지도 아들과 같은 팀을 응원하던 그 시간이 무척이나 즐거웠을 것이다. 5회가 지나면 아버지는 체육사 건너편 제과점에서 500원짜리 햄버거와 바나나우유를 사 왔다. 1984년도 9살 시골 소년에게 햄버거는 경외 그 자체였다. 고작 케첩에 싸구려 패티와 쓴

맛이 나는 양배추가 버무려진 햄버거였지만 좋았다. 하지만 사실 더 좋은 건 아버지와 야구를 보는 것이었다. 당시 나의 라이언 킹은 아버지였다.

라이온즈는 1984년 통합 우승 후 높은 승률을 유지하면서도, 이상하게 한국 시리즈에서는 맥을 못 추고 번번이 우승 문턱에서 주저앉았다. 당시 아버지와 나의 최대 적은 북한의 김일성이 아니라 '타이거즈'였다. 그중에서도 '무등산 폭격기'라는 무시무시한 별명으로 불렸던 선동열 선수는 두려움의 상징이었다. 선동열 선수가 몸만 풀어도 상대 타자들이 경기를 포기한다는 말이 나올 정도였다. 실제로 어린 나조차도 선동열 선수만 나오면 긴장감에 그렇게 좋아하던 햄버거를 손에서 내려놓았다. 도대체 언제 타이거즈를 넘어 우리 라이온즈가 한국시리즈에서 우승할 수 있을까? 우리 부자의 고민과 번뇌는 깊어만 갔다.

나는 야구를 보는 데서 그치지 않고, 직접 하러도 다녔다. 체육사를 운영하던 아버지 덕분에 당시 귀하던 야구 글러브와 알루미늄 배트를 어깨에 메고 다닐 수 있었고, 급기야 4학년이 되던 해에는 대구에 살던 막내 외삼촌에게서 이런 소포도 받았다. 어린이 라이온즈 회원 굿즈! 삼촌이 나를 어린이 라이온즈 회원으로 가입시켜 준 것이다. 나는 작은 시(市)에서 야구 유니폼을 입고 다니는 유일한 아이였고, 친구들의 부러움을 한 몸에 받으며 라이온즈에 대한 사랑과 충성심을 나날이 키워갔다.

그리고 6학년이 되면서 놀라운 일이 일어났다. 1년 사이에 무려 키가 20cm 넘게 자라 내가 168cm의 장신이 된 것이다. 이게 얼마나 놀라운 일이냐면, 1986년 당시 시골 학교에서는 나보다 큰 선생님이 드물 정도였다. 키가 급격하게 자라면서 또래들과 비교할 수 없는 운동 능력이 생겼다. 마치 초능력을 가지게 된 것 같았다.

그해 나는 일주일 정도 육상부에서 연습 후에 시민 체육대회 멀리 던지기 선수로 출전했다. 13살이던 내가 던진 작은 공은 1차 시기에 63m를 날아갔다. 시골 대회장이 발칵 뒤집혔다. 그 이후로 내 기록은 10년 넘게 깨지지 않았다.

경주에 있는 작은 아버지가 이 소식을 듣고 아버지를 찾아왔다.

"요즘 경주고가 야구로는 전국적으로 이름을 떨칩니다. 재완이 야구 시킵시다."

아버지는 고민에 빠졌다.

'장남을 타지로 보내 야구 선수를 시켜야 하나? 운동선수의
길은 힘든데.'

아버지의 고민을 가중한 것은 내가 유지하고 있는 최상위
권의 학업성적이었다. 하지만 아버지가 간과한 것은 여기는
시골 학교고, 나는 겨우 초등학교 6학년이었다는 사실이다.
결국 도민 체육대회를 끝으로 나는 야구선수를 포기하고 부
모님의 바람에 따라 판검사의 길로 방향을 틀었다.

중학생이 되자 성장이 거짓말처럼 멈췄고, 가족 모두 야
구선수가 안 되길 잘했다고 안도했다. 그리고 고등학생이 되
자 이번에는 성적이 나락으로 떨어졌다. 가족 모두가 당황했
고, 결국 나는 야구선수도 판검사도 아닌 글을 쓰는 회사원
이 되었다.

내가 사춘기에 접어들고 아버지가 다른 지역에서 직장을
다니기 시작하면서 우리의 대화는 적도 태양 아래 옹달샘
처럼 말라갔지만, 라이온즈의 이야기로 끈을 부여잡을 수
는 있었다.

그때는 몰랐다. 라이온즈가 20세기를 지나 20년 가까운 세월 동안 한국 시리즈에서 우승을 못 할 줄은! 그 시간은 초등학생이던 내가 중학교, 고등학교를 졸업하고 26개월 병장 만기 전역 후, 대학교를 졸업하고도 닿지 않는 시간이었다. 라이온즈 팬에게는 그 시간이 업보의 시간처럼 느껴졌다.

2002년 대한민국에 월드컵 광풍이 지나가고, 나는 시골에 계신 아버지를 잠실야구장으로 초청(?)했다. 야구장에 가면 슬로비디오 화면도 안 나오고, 하일성의 해설도 들을 수 없으며, 야구도 모르는 것들이 응원하는 소리까지 들어야 한다는 것이 자칭 야구 도사인 아버지의 변이었다. 막상 야구장에 도착한 아버지는 그 규모에 놀라고, 아들과 함께라는 사실에 즐거움을 감추지 못하셨다. 하지만 안타깝게도 그날이 우리 부자의 처음이자 마지막 야구장 나들이였다.

2002년 라이온즈는 이승엽과 마해영의 연타석 홈런으로 극적인 승리를 거두며 마침내 한국시리즈에서 우승했다. 시골에 계신 아버지와 서울에서 자리를 잡지 못하고 부유하던 나는 무려 3분 넘게 통화를 했다. 우리는 드디어 한을 풀었다며 월드컵의 기운이 라이온즈에 전해진 거 같다고 떠들었으며, 서로에게 수고했다는 말을 아끼지 않았다. 엄마는 누가 들으면 라이온즈 직원일 줄 알겠다고, 전화 요금 많이 나온다고 거듭 통화를 종용했지만, 그런 우리의 모습을 보고 웃고 계셨음이 분명하다.

이후 라이온즈는 2014년까지 무려 6번이나 더 우승했지만, 2018년 아버지가 돌아가신 후에는 몇 년째 우승을 하지 못하고 있다.

라이온즈도 분명 느꼈을 것이다. 그들을 열렬히 사랑하던 나의 라이언 킹이 더 이상 곁에 없음을, 그의 빈자리가 이토록 크다는 것을.

"그때 그 시절,
  나를 지켜주던
  나만의 라이언 킹."

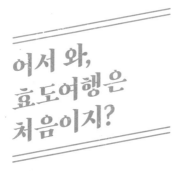

어서 와,
효도여행은
처음이지?

어쩌면 내 인생에서 유럽 배낭여행을 갈 수 있는 마지막 기회! 그 귀중한 기회가 36살 5월에 찾아왔다. 돈도 여유도 없어 이루지 못했던 취업 전 로망, 유럽 배낭여행을 떠날 수 있는 기회였다.

직장 생활 7년 차가 넘어가면서부터는 항상 돈이 아니라 시간이 문제였다. 물론 여전히 가난하지만, 유럽 배낭여행을 처음 꿈꾸던 그 시절보다는 주머니 사정이 나아졌다. 하지만 유럽으로 떠나기 위해 직장인이 긴 휴가를 내기란 참 어려운 일이었다. 그러던 중 나에게 좋은 조건으로 이직 제안이 왔다. 덕분에 생각지 못한 시간이 생겼다.

"뭘 망설여, 인마. 연봉도 그렇게나 올려주고 그 나이에 팀장까지 달아 준다는데! 완전히 땡잡았네!"

내가 근무하고 있는 회사에 상무로 재직 중이던 임원분이 이직한 후, 그쪽 회사에서 나를 좋은 조건에 데려가기로 최종 결제를 받았다는 연락을 받은 저녁이었다. 당연히 나도 친구 녀석과 같은 생각이었다.

"그럼, 가야지! 어쩌면 내 인생 마지막 이직일지도 모르는데. 야, 근데 난 사실 이직하면 중간에 쉴 수 있는 거, 그게 더 기대된다. 친구야! 나 그때 유럽으로 배낭여행 떠날 거야. 그동안 시간 없어서 여름휴가 때마다 시골집에 가거나, 국내 여행밖에 못 했잖냐."

이직할 회사 임원분께 한 달 정도 후에 출근하겠다고 이야기를 할 요량이었다. 아니, '최소 2주만 시간이 주어져도 무조건 유럽'이라는 생각을 하고 있었다. 술을 아무리 마셔도 취하지 않는 행복한 저녁이었다.

다음 날, 그 임원분에게 전화가 왔다.

"어이 김 팀장! 이제 팀장이야. 내가 자네한테 거는 기대가 이만저만이 아니야. 여기 사장님께서도 빨리 김 팀장을 보고 싶어 하시니까, 그쪽 인수인계 최대한 빨리 마치고, 10일 안에 여기로 출근하도록 해요. 우리는 만반의 준비가 되어 있어요. 김 팀장! 그럼 10일 후에 봅시다. 수고하세요."

한 달의 시간이 필요하다고 도저히 말할 수 있는 상황이 아니었다. 아니, 내가 그분의 언변에 당한 것일까? 전화를 끊자마자 비행기 표를 알아보기 시작했고, 결국 나의 최종 목적지는 일본이 되고 말았다.

'그래…. 언젠가 신혼여행으로는 유럽을 갈 수 있겠지….'

그리고 며칠 후, 자취방에 돌아와 삼겹살에 엄마가 보내준 묵은지 반찬으로 저녁을 먹고 있었다. 감기 기운이 있거나 우울한 일이 있을 때면 나도 모르게 찾게 되는 산삼보다 귀한 자양 강장제, 특별한 레시피 필요 없이 엄마표 김치 하나면 완성되는 음식. 나는 나의 소울 푸드인 이 음식을 꺼낼 수밖에 없었다. 그때 TV에서 기가 막힌 타이밍으로 운명적인 뉴스가 흘러나왔다.

"딸을 낳으면 비행기 타고, 아들을 낳으면 버스 탄다는 우스갯소리가 있습니다. 그러나 ○○ 투어의 설문 조사 결과 이 말은 사실이었습니다."

보도에 따르면 무려 70% 이상의 부모들이 딸 덕에 첫 해외여행을 갔다고 한다. 아, 대한민국의 아들들이여!

나는 다음 날 엄마에게 전화했다.

"아들! 왜? 김치 떨어졌어?"

이런! 내가 김치 떨어지면 전화하는 아들이었구나. 죄송한 마음이 들었다.

마침 엄마에게는 형제분들과 대만 여행을 가기 위해 만들어 둔 여권이 있었다. 안타깝게도 최근 그 여행은 취소되었고, 나는 기회라는 생각이 들었다. 엄마에게 첫 해외여행을 선물할 기회.

"엄마. 그게 아니고 나랑 일본으로 온천 여행 가요."

"정말? 아이고, 우리 아들 덕에 엄마 외국도 나가 보네."

엄마의 목소리가 너무나 하이 톤이라 나는 놀랐다. 다행히 여행 준비는 근처에 사는 여동생이 도와줬다. 하지만 우리 모자가 이 여행을 전혀 다르게 기억하게 될 줄이야. 이때는 미처 몰랐다.

나는 유럽 여행에 미련을 완전히 버리고, 온전히 엄마를 위한 여행 계획을 세웠다. 그리고 이왕 이렇게 된 거 이번에는 엄마를 위해 희생하고 봉사하자는 마음으로 비행기에 올랐다. 인천 공항에서부터 후쿠오카까지 우리 모자는 별 대화가 없었다. 나는 친구들과 있으면 수다스러운 편에 속하는데, 부모님과 함께 있을 때면 말수가 부쩍 준다. 참 이상한 일이다.

스마트폰도 없던 시절이라 여행 중 필요한 정보를 잔뜩 출력해서 들고 다녔다. 나름 완벽하게 준비가 되었다고 생각했다. 일본에 도착하자마자 우선 호텔로 가서 짐을 풀었다. 그리고 유명한 스시집으로 이른 저녁을 먹으러 갔다. 별 대화 없이 회전 초밥을 먹으며 다음 날 일정을 보느라 정신이 없을 때, 옆 테이블에서 어떤 아주머니들이 말을 걸어왔다.

"한국 분이시죠? 아드님인 것 같은데, 너무 보기 좋아요. 어머니 좋으시겠다."

엄마 나이 또래의 두 분은 함께 여행을 온 자매지간으로, 그때부터 엄마는 그 자매 분들과 마치 이산가족 상봉이라도 한 것 마냥 대화를 이어가셨다. 저녁 식사를 마치고도 세 분의 대화는 한참 동안 이어졌다. 호텔로 돌아오고 나니 10시가 안 된 시간이었다. 엄마가 자기는 피곤하니 나라도 혼자 나가 맥주라도 마시고 오라며 등을 떠미셨다. 하지만 식당에 앉아 우동 한 그릇과 맥주를 마시는데 호텔 방에 있는 엄마가 아른거렸다. 나는 30분 만에 자리를 박차고 일어났다.

'아! 효도란 게 정말 힘들구나. 일본까지 와서 11시에 잠을 자다니.'

다음 날 우리는 온천으로 유명한 유후인으로 이동했다. 100년이 넘은 료칸에서 가이세키 요리가 나오자 엄마의 눈이 휘둥그레졌다. 엄마는 여지없이 가격을 물었다.

"엄마, 걱정하지 말고 먹어요. 이미 돈 다 냈어요. 사실 여기가 좀 비싸긴 한데 이 아들이 효도 한 번 시원하게 합시다."

맛있는 식사를 한 후 엄마랑 료칸 방에서 맥주도 한잔하고, 나름대로 최선을 다해 효도를 했다. 그리고 여행 마지막 날, 첫날 만났던 그 자매 분들을 우연히 다시 만나게 되었다.

"어머! 또 만났네요. 우리 쇼핑 갈 건데 같이 가실라우? 아, 그리고 신발 아직 안 사셨어? 아들한테 말한다더니."

그날 스시집에서 내가 화장실에 간 사이에 엄마가 사실은 신발이 불편하다고 그분들과 이야기를 하셨던 것이다.

"거봐. 아드님이 착하긴 해도 여자를 잘 모르시네. 우리가 엄마 모시고 저기 쇼핑센터 다녀올 테니 2시간 후에 여기서 만나요. 엄마도 여자라니까!"

그때 나는 엄마의 사슴 같은 눈망울을 처음으로 보았다. 그분들과 가고 싶다고 양해를 구하는 눈빛이었다. 나는 돈을 건네 드렸고, 엄마는 2시간 후 새 신을 신고 이번 여행 중 가장 행복한 얼굴로 내 앞에 다시 나타났다. 엄마의 그 표정은 마치 2일간의 온천으로도 풀리지 않던 피로가 쇼핑 2시간으로 풀렸다는 무언의 시위 같았다.

충격은 여기서 끝나지 않았다. 엄마와의 일본 여행을 다녀온 지 1년이나 지난 후, 여동생이 엄마를 대신해 입을 열었다. 나는 동생이 엄마로 빙의한 줄 알았다.

"어휴, 장남이라고 효도한다는데 내가 효도 받아줘야지. 그래도 우리 아들 마음은 정말 고맙더라. 근데 네 오빠가 여자 마음을 너무 모르더라. 일본까지 갔는데 쇼핑도 안 하고 맨날 온천이나 하고. 내가 80살 먹은 노인네도 아니고 말이야. 아, 그리고 난 사실 어릴 때부터 스위스가 가보고 싶었는데 말이야."

나는
아버지의
월급봉투를
먹고 자랐다

'이 세상에서 심리적 거리감이 가장 먼 건 출근길과 퇴근길 사이'라는 말이 있다. 직장인이라면 이 말에 고개를 주억거리게 될 수밖에 없다. 거기에 온종일 회사에 머물다 회식까지 한 날의 퇴근길이란, 평소보다 더 까마득하게 느껴진다. 웃긴 것은 중년이 되었지만, 아직 회사 생활을 30년도 못했다는 사실이다. 새삼스레 나보다 훨씬 더 긴 시간을 직장에서 견뎠던 아버지는 어땠을까 하는 생각이 든다.

'우리 아버지 설렁설렁 회사 다닌 줄 알았더니, 고생 많으셨겠네.'

그날 출근길에는 지하철을 한 번 환승하고 내린 후, 목적지까지 걷는 대신 마을버스에 몸을 실었더랬다.

'화요일 저녁에 회식이라니!'

주말까지 가야 할 길은 출근길과 퇴근길 사이보다 더 멀어 보였다. 그래도 오늘은 운 좋게 마을버스에 앉을 자리가 있었다. 지난여름의 지독했던 더위는 어느새 물러갔고, 찬 바람이 불기 시작했다. 아직 어두워 아무것도 보이지 않는 창밖을 물끄러미 쳐다보고 있을 때였다. 라디오에서 처음 듣는 노래가 흘러나왔다. 나중에 제목을 찾아보니 장미여관의 '엄마 냄새'라는 노래였다. 너무나 애절하고 구슬픈 목소리에 귀가 먼저 열렸고, 열린 귀를 통해 가사가 가슴에 내려앉았다.

세상에서 제일 좋은 울 엄마 냄새
이 나이를 먹어도 그리워져요.
뒷바라지하시다 등이 굽어져
그 고운 손 세월에 마디가 지네.
이제 다시 맡을 수 없는 울 엄마 냄새

꿈에라도 다시 한번 울 엄마 냄새

장미여관 〈엄마 냄새〉

육중완은 엄마 냄새를 그리워하고 있었지만, 나는 6개월 전 돌아가신 아버지 냄새가 떠올랐다. 아버지 장례식을 마치고 엄마가 들려준 아버지의 소년 시절 이야기와 함께 말이다.

그 시절 모두가 그랬겠지만, 1944년생 소년은 늘 배가 고팠다. 소년은 이를 악물었다.

'나중에 내 자식새끼들은 반드시 굶기지 않고 배 터지게 믹여야지.'

소년은 예술적 재능이 풍부했지만 이를 살릴만한 기회도 여유도 없었다. 그저 하루하루 설움과 배고픔을 이겨내기에도 힘겨운 나날들이었다. 성인이 된 소년은 자신의 꿈이나 삶보다는 가족들을 위해 직장에 매달렸다. 어쩌면 자신에게 성실한 직장인이 되는 것 외에 다른 꿈이 있는지조차 인지하지 못 했을 것이다.

소년의 환경은 남들보다 힘들었지만, 시간은 남들과 공평하게 흘러갔다. 늘 배가 고팠던 소년은 어느새 삼 남매를 배불리 먹여살리는 아버지가 되었다.

아버지는 특히 장남인 나에 항상 대한 기대가 몹시 컸다. 그래서 책 읽기를 좋아하는 나를 대견하게 바라보시곤 하셨다. 교육의 기회를 받지 못했던 자신과 달리 장남만은 다른 삶을 살기를 바란 것이다. 그래서 아버지는 월급날이면 양손 가득 책을 사 들고 집으로 왔다. 나는 다행히도 밥만큼이나 책을 좋아했다. 빠듯한 살림이었지만 아버지의 책 덕분에, 현명한 엄마 덕분에 우리 삼 남매는 속이 두둑하게 채워진 마음 부자로 잘 자랐다.

아버지는 본인의 일흔 살 생신날, 우리 삼 남매에게 미안하고 고맙다고 말씀하셨다.

"내 딴에는 한다고 했는데, 너희에게 해준 게 하나도 없어서 정말로 미안하다. 그래도 이리 잘 커 줘서 정말로 고맙다. 이제 내 소원은 하나다. 그저 죽을 때 안 아프고 죽는 거…. 그래야 너희들 고생 안 시키지."

아버지는 자신의 마지막 인생 계획을 무사히 이루셨다. 중환자실 한 번 들어가시지 않고, 갑작스럽게 돌아가셨다. 아버지가 돌아가시기 일주일 전, 회사를 다니며 쓴 글을 모아 출간한 첫 책을 들고 고향 집을 방문했다. 배고픈 소년이었던 아버지는 다시 그 시절처럼 야윈 상태였다. 나는 그렇게 기뻐하시는 아버지의 표정을 본 적이 없었다.

"완이 엄마! 우리 아들이 작가 됐다. 판검사보다 더 대단한 작가 말이다!"

지금 와서 드는 생각이지만, 아버지의 얇디얇은 월급봉투로 사 온 책이 없었다면 나의 글쓰기 도전도 없었을 것이다. 그리고 정말 나에게 글쓰기 재능이 조금이라도 있다면, 아버지께 물려받았음이 분명하다.

아버지는 타고난 이야기꾼이었다. 일상에서 일어나는 작은 일들도 아버지 입에서 나오면 탄탄한 서사를 가진 흥미진진한 이야기로 둔갑했다. 적절한 타이밍에 무심한 듯 던지는 유머는 좌중을 휘어잡았다. 심지어 글씨도 잘 쓰셨는데, 스스로 '종환체'라 명명했던 붓글씨는 어린 내 눈에도 아름답다고 느껴질 정도였다. 하지만 이런 이야기꾼의 재능은 가족이나 친구들에게 농담용으로, 글씨 솜씨는 제사를 지낼 때 지방 쓰는 데만 사용되었다.

아버지도 직장을 그만두고 다른 일을 해 보고 싶다고 생각해보신 적이 없었을까? 어쩌면 아버지도 글을 써보고 싶다거나 그림을 그려보고 싶다고 생각하셨을지도 모른다.

장례식 마지막 날, 어머니가 피를 토하듯 쏟아낸 말에 가족 모두가 오열했다.

"아이고, 불쌍한 양반. 엄마 젖 한 번 제대로 못 먹고 이리 가노. 하늘나라 가면 꼭 엄마 만나서 배부르게……."

상대적으로 덜 가난했던 가정에서 자란 엄마는 부부 싸움 후에도 아버지 밥은 꼭 챙겼다. 아버지가 없을 때 우리 앞에서 아버지 흉을 보다가도 마지막 말은 항상 같았다.

"너희 아버지는 어릴 때 못 먹은 게 한이 된 사람이라. 밉다가도 그 생각만 하면……."

장미여관의 노래를 들으며 나와 같은 직장인이었던 아빠

냄새를 떠올려 봤다. 그 냄새는 선지해장국 냄새였다.

아버지는 힘든 날이면 선지해장국에 소주를 마셨다. 그래서 어린 시절 나는 다짐했었다. 내가 어른이 되면 회사 다니느라 힘든 우리 아버지께 선지해장국에 비싼 수육까지 꼭 사드려야지라고. 하지만 나는 결국 그 쉬운 약속도 지키지 못했다.

내일 점심은 오늘이 지겨운 직장인과 내일이 막막한 직장인들로 붐비는 광화문의 노포로 가야겠다. 그리고 식당에서 선지해장국을 주문하리라.

가자, 이제는 다시 맡을 수 없는 울 아빠 냄새 맡으러.

"꿈에라도 다시 한번 울 아빠 냄새"

엄마의 끼니

나는 X세대, 내 동생은 Y세대, 신입사원은 MZ세대라면, 우리네 어머니들은 끼니세대다. 듣기만 해도 감이 오겠지만, '끼니'라는 말에는 인생의 희로애락과 그녀들의 청춘이 고스란히 배어있다.

우리 엄마도 마찬가지다. 20대에 결혼한 엄마는 가족들의 끼니를 준비하며 평생을 보냈다. 엄마의 끼니 없이는 아버지의 월급봉투도, 자식들의 성장도 없었을 것이다. 그러나 어릴 때는 엄마가 얼마나 힘든지, 내가 얼마나 감사하고 살아야 하는지 몰랐다.

엄마는 70대인 지금까지도 연예인 몸무게를 유지하고 있다. 중소도시에서 전업주부로 살아온 엄마의 몸매 유지 비결은 몹시도 짧은 입이다. 나는 놀랍게도 그 사실을 몇 해 전에야 알게 되었다. 그것도 아주 어이없게, 너무나도 갑작스럽게.

나는 엄마가 돼지고기 반찬을 앞에 두고 고구마를 드실 때면, 속상한 마음에 같이 먹자고 소리를 지르곤 했었다. 그러나 어느 날 돌아온 어머니의 대답은 여태 내 예상을 뒤엎는 것이었다.

"사실 나는 생선은 물론이고 돼지고기도 비린내 때문에 못 먹었어. 50이 넘어서야 돼지고기도 생선도 조금씩 넘어가더라."

내가 과연 엄마에 대해 제대로 아는 것이 있을까? 나는 사실 엄마에 대해 아는 것이 하나도 없는 게 아닐까? 마흔이 넘어서야 엄마가 비리다고 고기를 싫어하신다는 걸 알다니…. 성장기면 한 달에 쌀 한 가마니를 먹던 우리 세 남매 때문에 그동안 엄마는 온갖 고기 비린내를 참고 끼니를 준비했다고 한다.

엄마의 이런 끼니 준비에는 아버지도 한몫했다. 하루에 두 끼만 먹어도 거뜬했던 엄마와 달리 어린 시절 끼니를 거르는 것이 일상이었던 아버지는 어떤 일이 있어도 세 끼를 먹었다. 끼니에 대한 아버지의 집착은 강박에 가까웠다.

"너희 아버지는 저녁에 술 약속이 있어도 집에서 끼니를 먹고 나가던 양반이었지. 어릴 때 집밥을 못 얻어먹고 자라서 그래. 내가 힘들어도 안쓰러워서 챙겨줬었어."

철이 들기 시작하면서 나는 아버지의 아픔을 이해함과 동시에 엄마의 고단함이 안쓰럽게 느껴졌다.

2살 터울의 나와 여동생이 고등학교를, 남동생이 중학교에 다니기 시작하면서 엄마의 끼니 전쟁은 최고조에 달했다. 심지어 우리는 막내가 고등학교를 졸업한 후에야 수세식 화장실과 싱크대가 있는 집으로 이사를 했었다. 그러니 엄마는 30년 가까운 세월 동안 한겨울 찬바람을 온몸으로 버티며 야외 수돗가에서 설거지를 하고, 다시 끼니를 준비할 수밖에 없었다.

"지금 생각하면 내가 그걸 어찌해냈나 싶다. 진이(막내)가 학교 마치고 내놓은 도시락 설거지도 못 했는데, 너희 둘이 각자 도

시락 2개씩 들고 밤 10시에 들어오면 눈앞이 깜깜했다. 요즘처
럼 급식이 있나 여분의 도시락이 있기를 했나. 오늘같이 춥던
날에도 설거지를 안 하면 내일 새벽에 너희들 도시락을 못 싸
는 거지. 그래도 하루도 안 거르고 했다. 어떤 날은 정말 하기
싫은 날도 있었다. 설거지도, 밥도."

엄마는 60세를 한참 넘기고서야 어릴 적 친구들과 함께
해외여행을 떠날 수 있었다.

"엄마! 여행 가서 뭐가 제일 좋았어요?"
"너무 신기하더라, 밥을 안 해도 되는 게! 호텔에 딱 누워서 천
장을 보는데 내가 이래도 되나 싶더라. 그게 젤 좋더라."

여행 마지막 날, 할머니가 된 엄마들은 좁은 방 한곳에 모
여서 새벽 3시까지 수다를 떨었다고 한다. 내일 할 끼니 걱
정이 없으니 잠을 안 자도 피곤하지가 않더란다.

우리 삼 남매는 고향을 모두 떠나 도시에 자리를 잡았고, 아
버지는 몇 해 전 돌아가셨다. 혼자 계실 엄마를 모두가 걱정했
지만, 엄마는 슬픔을 딛고 일어섰다. 여자는 약하지 않고, 엄마

는 더 강하다. 그리고 그 속에서 의외의 기쁨도 발견하셨다.

"아침은 과일, 점심은 마을회관, 저녁은 먹고 싶으면 먹고 밥
하기 싫으면 안 먹는다. 삼시 세끼 끼니 걱정 안 하니 너무 좋
다. 소화도 오히려 잘 된다. 내 걱정은 말아라."

문득 엄마 밥이 그리울 때가 있다. 그러나 몇 년 전부터는
그 마음을 꾹 참고 고향에 갈 때마다 엄마 집 근처 맛집을
찾아 나선다.

"아들! 오랜만에 왔는데 엄마가 해주는 밥 한 끼는 먹고 가야지."

엄마는 외식을 위해 이미 신발을 신으면서도 나에게 한
번 더 묻는다.

"다음에. 다음에 해줘요."
"그러면 그럴래?"

웃으며 앞장을 서는 엄마를 보면서 괜스레 죄송스럽다.
마, 자식들아! 엄마도 외식 좋아하신다!

이런 것을 보면 참 그렇다. 나는 20년 넘는 회사 생활이 고되긴 했지만, 주말이나 휴가 때는 쉬어 갈 수 있었다. 하지만 엄마들은 남편과 자식들이 쉬는 휴일에도 끼니를 준비했다. 분명 엄마의 끼니가 통장에 잔고로 남지는 않았지만, 자식들에게 사랑으로 누적되었을 것이다. 사장님이 모든 직원을 돌볼 수 없어 법인카드를 만들었고, 신이 모든 인간을 돌볼 수 없어 대지에 어머니를 내리셨다고 한다. 엄마에게 희생을 강요하는 것 같아 좋게 들리진 않지만, 살아보니 어쩔 수 없이 동의하게 된다. 엄마의 청춘과 맞바꾼 끼니가 없었다면 나의 청춘은 참으로 곤궁했으리라.

요즘 끼니 걱정을 덜어낸 엄마는 기어코 다른 걱정거리를 찾아내긴 했지만, 그 어느 때보다 활기차 보인다. 생각난 김에 오늘은 며칠 전 남대문에서 먹은 맛있는 만두를 엄마에게 택배로 보내야겠다. 그동안 고생한 울 엄마의 한 끼를 이렇게라도 책임져 주고 싶다.

술기운을 빌어 엄마에게 사랑한다고 말한 적은 있지만, 이 말은 한 번도 한 적이 없는 것 같다.

수고하셨어요. 엄마!

단지
널 사랑해,
이렇게 말했지

앞으로 20년 후에 당신은 저지른 일보다는 저지르지 않은 일에 더 실망하게 될 것이다. 그러니 밧줄을 풀고 안전한 항구를 벗어나 항해를 떠나라. 돛에 무역풍을 가득 담고 탐험하고, 꿈꾸며, 발견하라.

마크 트웨인

　지금부터 보게 될 이 이야기는 당신에게는 흔한 결혼 이야기일 수도 있지만, 나에게는 인생의 내비게이터를 찾은 귀한 이야기이다.

내가 HJ를 처음 만난 곳은 남한산성이었다. 산악회 모임에서 내가 실물로 본 사람 중 얼굴이 가장 작은 HJ가 덩그러니 서 있었다. 그때부터였다. 나는 HJ와 결혼하기 위해 시몬스 침대보다 흔들림 없던 나의 신념들을 하나둘씩 던져버렸다. 다행스럽게도 그 신념들이 개똥철학이었단 것을 확인하는 데는 그리 오랜 시간이 걸리지 않았다.

나는 HJ를 만나기 바로 이전 해, 내 나이 38살에 비혼주의를 선언했다. 물론 몸 어디에 이상이 있는 것 아니냐며 유난을 떠는 아버지와 나만 바라보고 살아온 엄마를 위해서 마음속으로만 외쳤다. 나는 스스로를 결혼이 필요하지 않은 사람이라고 생각했다. 하루의 일과를 마친 후에 책이나 NBA를 보면서 혼자 지내기를 선호했고, 각종 취미 생활도 잘 즐기고 있었고, 살림에도 제법 재미를 느꼈기 때문이다. 더구나 화려하진 않지만 싱글 라이프를 즐기고 있는 상황에서 군이 결혼이라는 족쇄를 스스로 차고 싶지 않았다. 그러나 HJ를 만나면서 모든 것이 바뀌었다. 나의 비혼주의 선언은 다른 선언들처럼 그냥 선언으로만 남게 되었다.

HJ를 만나기 전에 나는 결혼도 해보지 않은 주제에, 1년도 사귀지 않고 결혼한다는 후배를 앞에 두고 일장 연설을 했었다.

"야! 결혼이랑 연애는 완전히 달라. 결혼을 벌써 한다고? 최소한 사계절은 만나봐야지. 이 철딱서니 없는 놈아!"

하지만 나는 HJ와 2013년에 만나 그 해가 가기 전에 결혼했다. 늦었지만, 후배야 미안하다. HJ를 너무 사랑한다. 1년은 너무 길더라.

30대 중반이 넘어서 이성에게 첫눈에 반하는 인간들은 비이성적이며, 그런 건 사랑이 아니라 뒤통수 한 대 맞으면 깨고 마는 한여름의 낮잠 같은 거라고 떠들고 다녔다. 입이 방정이지. 그런 헛소릴 하고 다녔던 나는 HJ를 처음 만난 남한산성에서 사랑에 빠졌고, HJ가 정신 차리라고 뒤통수를 아무리 쳐도 그 마음이 그대로였기에 결혼을 결심했다.

이 지면을 빌어 나의 개똥철학을 듣느라 청각이 잠시나마 오염된 지인들에게 심심한 위로의 말을 전한다. 역시 인간은 겪어보지 않고 어떤 일에 대해 함부로 지껄이면 안 된다. 모두 미안하다. 내가 사랑의 '사'자도 모르던 무지렁이었다.

물론 이렇게 사랑해서 결혼했지만, 그래도 싸운다. 몇십 년을 다르게 살아온 사람들이 모든 게 다 맞는 데칼코마니 같을 리가 없다. 우리는 안다. 우리는 다르다.

HJ는 일요일까지 해야 할 일은 일요일에 맞추어 끝낸다.
나는 일이 주어지기가 무섭게 그 일을 시작해야 한다.

HJ는 웬만하면 화를 내지 않는다.
나는 웬만하면 화를 참지 않는다.

HJ는 다툼이 시작되면 오해를 줄이기 위해 말을 닫는다.
나는 다툼이 시작되면 오해를 풀기 위해 말을 쏟아낸다.

HJ는 일상에서 조금 둔감하고 변수 앞에서도 의연하다.
나는 일상에서 극도로 예민하고 변수에도 크게 당황한다.

하지만 또 우리는 닮았다. 우리는 남들보다 밥을 조금 빨리 먹는다. 먼저 식사를 시작한 20대 커플보다 우리가 먼저 일어날 때 우리의 위는 아직 청춘이라며 시시덕거린다. 농담을 좋아해, 지인들이 모인 자리에서 서로가 얼마나 사랑하는지를 보여주기보다 누가 더 웃기는지를 뽐내기 위해 티키타카 한다. 그리고 걷기를 좋아한다. 우리의 최애 여행지인 제주도도 두발로 누비고 다닌다. 올레길 종주와 산티아고 순례길 걷기는 언제나 우리의 버킷리스트에 담겨 있다.

언젠가 HJ에게 내가 운전을 안 해서 불편하거나 속상하지 않냐고 물은 적이 있다. 혹시 차가 없어서 애써 걷는 것이 좋다고 하는 것은 아닐까 싶어서 말이다. 하지만 HJ는 해맑게 말했다.

"괜찮아! 어릴 때 좋은 차 많이 타봐서. 그리고 나 걷는 거 좋아해!"

HJ는 가끔 아무렇지 않은 얼굴로 엉뚱한 소리를 한다. 내가 43살에 회사 일 때문에 정신적으로 무너졌을 때, 느닷없이 자전거로 제주도 종주를 제안했다. 고되었지만 일상을 깨트린 그 여행으로 나는 달라졌다. 오랜만에 움직임으로 육체가 깨어나니 마음도 조금 살아난 것 같았다. 며칠후 나의 변화를 눈치챈 HJ는 전혀 진지하지 않은 얼굴로 또말했다.

"책을 좋아하니까 글을 써 보는 건 어때?"

"갑자기 뜬금없이? 읽기와 쓰기는 전혀 달라. 이 나이에 작가
라도 되라고?"

말은 저렇게 했지만, 나는 HJ 몰래 경박한 역사 글을 써
서 인터넷 커뮤니티에 올리기 시작했다. 조금 화제가 되어,
딴지일보에 연재를 시작하게 되었고, 출판사로부터 계약금
까지 받고 작가가 되었다. HJ는 이렇게 나를 변화시켰다.

HJ의 한 마디로 나는 안전하다고 착각했던 항구(일상)를
벗어나 미지의 바다(글쓰기)를 탐험할 수 있었고, 행복과 자
아라는 것을 발견할 수 있었다. 이쯤 되면 HJ를 내 인생의
내비게이터라고 불러도 충분하지 않을까?

HJ는 내가 만난 사람 중 얼굴이 가장 작으며 제일 착하고
엉뚱하다. 나 또한 HJ처럼 엉뚱하다. 내가 꿈꾸는 세상은 착
한 사람들이 넘쳐나는 곳이다. 착하면 손해 본다고 말하지
만, 결국 착한 사람이 되로 주고 말로 받더라 하는 세상. 이
런 세상을 만들기 위해, 그리고 내가 착해지지 않고 남들만
착하기를 바라는 것은 어불성설이기에 우리는 더 착하게 살
려고 노력한다.

나는 취향과 생각이 같은 베스트 프렌드를 만나 행복하고, 삶에 감사하다. HJ는 입버릇처럼 우리는 반드시 기필코 한날한시에 죽어야 한다고 거듭 강조한다. 신혼 초에는 건성으로 알았다고 대답하고, 가끔은 섬뜩하다고(?) 느꼈다. 하지만 이제는 그녀의 말대로 됐으면 한다.

　불같은 내 곁에 물 같은 HJ가 없다면, 나는 길을 잃고 부유할 것이고 이 세상은 더없이 심심할 것이다.

당신의 용산은 어디인가요

'우리들의 천국'과 '내일은 사랑' 같은 청춘 드라마가 나의 20대를 함께 했고, 30대에 본 '네 멋대로 해라'가 나의 인생 드라마의 자리를 오랜 시간 지켰다. 그리고 40대가 되어 '동백꽃 필 무렵'을 만나게 되었다. 드라마를 보는 내내 때 이른 갱년기가 온 것이 아닐까 하는 걱정이 들었다. 눈물, 콧물이 중동 유전처럼 마구 뿜어져 나왔기 때문이다.

극 초반에는 동백이의 당참과 용식이의 순수함에 빠졌지만, 후반부로 갈수록 '옹산'이라는 마을의 매력에 빠지게 되었다. 극 중 옹산은 현실 세계에서는 존재하지 않는 이상향처럼 느껴졌고, 급기야 '홍길동전에 나오는 율도국이 저렇지 않았을까?'라는 생각을 하기에 이르렀다. 그런데 보면 볼수록 옹산 사람들과 마을 분위기가 어쩐지 낯설지가 않았다. 이내 나는 그곳이 어린 시절 그렇게 떠나고 싶어 했던 내 고향과 참 많이 닮았다는 것을 알게 되었다.

곶감과 자전거로 대표되는 나의 옹산은 인구 십만의 소도시다. 어린 시절에는 그놈의 곶감 때문에 과자를 먹을 기회를 박탈당하기 일쑤였다. 엄마에게 백 원만을 외치면 '곶감 있잖아'라는 대답이 메아리가 되어 돌아왔다. 샤브레나 맛동산을 사 먹는 도시 아이들이 부러웠고, 곶감이 그렇게 지겨웠다.

그리고 자전거. 시내버스가 다니기에는 애매하고, 자동차가 귀하던 그곳에서 사람들의 발이 되어준 것이 바로 이 자전거였다. 엄마들은 자전거 앞 바구니에 바게트 대신 시금치와 대파를 꽂은 채 바람을 가르며 집으로 향했으며, 학생들은 자전거 짐받이에 도시락 두 개와 책가방을 실은 채 바람을 맞으며 학교로 향했다. 수업을 마치면 체감 경사가 70도쯤 되어 보이는 학교의 내리막길을 브레이크를 잡지 않고 달렸으며, 평지에서는 비트의 정우성처럼 두 손을 놓은 채 이곳에서의 탈출을 꿈꾸었다. 그때는 그랬다. 자전거 대신 자동차를 타고 싶었고, 곶감 대신 과자를 먹고 싶었으며, 감나무 대신 가로수가 즐비한 길을 걷고 싶었다. 한마디로 이곳을 떠나기만을 갈망했다.

하지만 막상 옹산을 떠나보니 도시 생활은 절대 만만치가 않았다. 동경하던 빌딩 숲은 나를 더욱 작게 보이게 했고, 백화점에서 발견한 반가운 곶감 가격표에는 절망감만 깊어졌다. 그래도 고향보다는 발전된 도시의 어두운 골목을 지나야 성공으로 가는 길을 발견할 수 있을 거라며 하루하루를 견뎌왔다. 이런 착각 속에 버티다 보니 어느새 고향에서 보낸 시간 보다 도시에서 보낸 시간이 더 길어졌다. 그렇게 나는 여전히 낯선 도시에 힘겹게 뿌리를 내렸고, 그 힘겨움에도 점차 익숙해져 갔다.

한편 도시와 비교해 모든 것이 불편하게만 보이고 비합리적이며, 체계도 갖추어지지 않아 보였던 고향에는, 도시에서는 사라진 것들이 여전히 존재하고 있었다. 그곳은 되는 일도 없고, 안 되는 일도 없는 그런 신비한 곳이다.

고향을 떠난 후, 매년 명절에 고향으로 내려가는 차편을 구하는 것은 큰 숙제였다. 취업 후 첫 명절에 고향 친구들과 고속버스 안에서 9시간을 보내고 나니 대책 마련이 더 시급해졌다. 그런데 이런 고민을 토로한 다음 추석부터, 엄마가 어디서 네 잎 클로버보다 귀한 명절 기차표를 구해오기 시작했다.

"엄마, 도대체 기차표 어떻게 구했어요?"

엄마는 감나무 집 박 씨 아저씨의 사돈의 팔촌의 당숙쯤 되는 분이 구해준다고 했다. 내가 도시에서 스마트한 기계를 붙들고 온종일 씨름을 해도 구할 수 없던 기차표를 엄마는 그 불편한 옹산에서 동네 사람을 통해 구해온 것이다.

몇 년 후, 옹산에서 서울로 올라가는 날에 폭설이 내린 적이 있다. 서울로 올라가기 위해선 KTX를 타야 하는데, 옹산의 기차역에는 KTX가 다니지 않아 50분 거리의 다른 도시까지 가야 했다. 평상시라면 KTX 역이 있는 곳까지 버스나 무궁화호를 이용했겠지만, 갑작스러운 폭설로 KTX 역까지 택시를 타야 했다. 그러자 다시 한번 옹산이 움직였다.

"엄마! 카카오 택시 부르면 돼요. 이렇게 요금도 미리 알 수 있어요. 6만 원 정도 나오겠네."

"카카온지 뭔지도 좋은데, 저기 길 건너 세탁소집 위층에 사는 내가 아는 잘 아는 기사님 있어. 운전도 참 점잖게 하시고 아마 택시비도 깎아 주실 거다. 4만 원이면 갈 텐데……. 내가 전화 한 번 해볼까?"

"에이, 택시비를 그렇게 깎아주는 기사님이 어디 있어요? 그냥 여기 핸드폰에서 내 위치 찾고 목적지 입력하고 호출하면 택시가 바로 와요. 됐어요."

내가 답답하다는 투로 엄마의 제안을 매몰차게 거절하자 아내가 조용히 나를 불렀다.

"여보! 어머니 서운하시게 왜 그래! 카카오 택시를 부르나 어머니가 아시는 분을 부르나 뭐가 달라? 이왕이면 어머니 아시는 분 택시 타고 가면 낫지."

아내의 말에 나는 결국 옹산의 방식을 택했다. 그렇게 아내와 나는 엄마의 전화번호부에 등재된(?) 기사님의 택시에 승차하게 되었다.

"기사님! 날이 험해서 잘 부탁합니다. 서울에서 고생하는 우리 아들이랑 며느리 기차역까지 잘 데려다주세요."

엄마는 박카스 한 병과 달력 종이에 싼 명절 음식까지 기사님에게 건네주었다. 나는 엄마와 옹산의 방식이 도무지 이해되질 않았다.

'아니, 돈 주면 알아서 가는 택시 기사에게 음식까지 줘? 이런다고 뭐가 달라지나? 그리고 택시비 깎아준다더니 바로 미터기 켜는 거 봐.'

나의 불만 가득한 얼굴과 대조적으로 기사님은 엄마에게 친절한 목소리로 대답했다.

"아이고! 지난번에도 뭘 주시더니 또 이런 걸. 감사히 잘 먹을게요."

택시가 출발하고 나서도 나는 엄마의 유난함과 현대 문명의 편리함을 따르지 못하는 옹산에 잔뜩 불만이었다. 그러나 기사님의 유연한 코너링과 아늑한 승차감을 느끼게 하는 운전 솜씨에 마음이 조금씩 풀리기 시작했다.

"나도 젊었을 때 고향을 떠날 기회도 있었고, 그러고 싶었어요. 결국 평생을 여기서 보내게 됐지만. 어때요, 서울살이?"

우리는 잠시 도시 생활의 고단함과 편리함, 고향이 주는 답답함과 푸근함에 관해서 이야기했다. 그리고 어느새 목적지에 도착했다. 미터기에는 6만 원이 찍혀 있었다. 나는 카드를 내밀었다. 그때 반전이 일어났다.

"4만 원만 받겠습니다. 고향에 자주 내려오시고, 조심히 올라가세요."
"네? 왜요?"
"그냥 어머니와 우리는 이러고 삽니다."

아내와 나는 극구 사양했지만, 기사님이 더 완강했다. 우리는 감사하다는 인사를 드리고 택시에서 내렸다.

'옹산에서는 정말 말도 안 되는 일이 벌어지는구나.'

기차를 기다리며 엄마에게 전화했다.

"엄마! 엄마 말대로 기사님이 택시 요금을 정말 4만 원만 받았어요."

"내가 뭐랬냐! 이 엄마 말이 맞지? 그 양반이 그런다니까. 며칠 전에는 내가 시장에 다녀오는데 뒤에서 웬 차가 빵빵거리기에 돌아보니 그 양반이더라. 나보고 타라고 하더니 장 보따리를 집까지 들어다 주고는, 택시비도 안 받고 줄행랑을 치더라니까. 자기도 가는 방향이었다고."

나는 기차 안에서 참으로 이상한 동네라는 생각을 하며 눈물을 흘렸고, 갱년기 증상이 심해진 거 같다며 스스로를 다독였다.

나의 옹산에는 택시 기사님만 이상한 것이 아니고 택배 기사님도 이상하다.

"엄마가 좋아하는 황남빵 택배로 보냈어요. 오늘 오후 4시에서 6시 사이에 도착한다고 방금 문자 왔어요."

"그거 12시 전에 온다더라. 택배 기사가 전화 오더니, 어머니

밥 먹고 드시라고 일찍 가져다준디야."

고향 집에서 엄마가 잠시 외출을 나갔을 때도 이상한 경
험을 했다. 아내와 둘이 남은 엄마 집에 불쑥불쑥 낯선 이들
이 방문했다.

"어머니 안 계시는가 부네? 여기 이거 도토리묵인데 식기 전
에 드시라고 해요"
"네, 감사합니다. 그런데 어느 분이라고 전해 드릴까요?"
"그냥 보시면 아실 텐데."

방문객들이 사라지고, 외출에서 돌아온 엄마는 부추전과
손두부 등을 힐끔 스캔한 후, 이건 박 씨네, 저건 동수 나무
집, 요건 아들이 농협 다니는 집에서 가져온 거라며 우리를
다시 한번 놀라게 했다.

아버지의 장례식 후, 나와 동생들은 엄마를 도시로 모시
는 것에 대해 의논했다. 그러나 엄마는 도시의 외로운 할머
니로 살기 싫다고 하셨다. 그것이 옳은 선택이었다는 것을
알게 되는 데는 긴 시간이 필요하지 않았다. 엄마를 지키는

건 우리 자식이 아니라, 옹산에서 모두와 더불어 살아가는 엄마 자신이었다. 엄마는 옹산에서 가장 엄마답고 누구보다 자유로우며, 여전히 모든 것을 해내는 원더우먼으로 살아갈 수 있다.

"난 서울도 대구도 싫다. 내가 거기 가서 뭐 하고 지내냐! 공기도 나쁘고, 사람은 많은데 친구는 없고! 내 마음대로 되는 것도 없고. 땅만 넓지, 감옥 같은 거길 왜 가! 난 여기 떠나기 싫다. 시간 되고 쉬고 싶을 때, 너희가 놀러나 자주 와라."

언젠가 귀농을 한다면 제주도나 강원도는 어떨까 하는 생각을 한 적이 있다. 그러나 지금보다 더 지치고 힘들면 나는 염치도 없이, 호기롭게 떠난 고향에 한 발짝을 슬쩍 들이밀지도 모르겠다. 그러면 나의 옹산은 슬며시 나의 맨발에 이불을 덮어줄 것이다.

Memory
Track

추억

한 뼘
더 자라나고

내 인생의
가요톱텐

1984년 여름밤, 논두렁 길을 따라 찬동이네 집으로 향하던 나의 발걸음은 몹시도 경쾌했다. 나와 찬동이는 음악을 사랑하는 라디오 키즈였다. 우리는 대나무밭 틈새로 흘러오는 밤바람과 라디오에서 별빛처럼 쏟아지는 음악을 들으며 빨리 어른이 되기를 소망했다. 그러나 어른이 되는 과정은 힘겨웠다. 공부라는 문제가 해결되면 취업이라는 문제가 기다리고 있었고, 살 집을 구하는 일과 회사에서 살아남기라는 풀리지 않는 난제를 안고 버텨야 했다.

인생은 큰 사건들의 연속인 영화와 달리 대부분이 평범하다. 그리고 이 평범한 일상은 긴 아픔의 시간과 찰나의 기쁨으로 이루어져 있다. 바로 이 아픔과 기쁨의 시간 마디마디에 음악이 있다. 적어도 내 인생은 그랬다.

정확히 언제부터인지 모르지만, 나의 음악 사랑은 초등학생 때부터 시작됐던 것 같다. 초등학생 시절, 라디오를 끄고 TV를 켜면 '화요일에 만나요', '가요톱10', '토요일 토요일은 즐거워'에서 그 시절 우리가 사랑했던 책받침 누나(이지연, 김완선)들이 춤추고 노래했고, '경아'를 외치던 박혜성은 1절이 끝나면 꼭 관객에게 인사를 했다. 나는 당시 한 편의 시 같은 박혜성의 '도시의 삐에로'에 완전히 매료되었고, 김승진의 '스잔'을 좋아하던 여동생을 경멸의 눈초리로 나를 쳐다보곤 했다.

중학교 때는 단연 이문세였다. 수학여행을 갈 때면, 누구나 노래 한 곡은 부를 준비를 해야 했다. 경주로 향하는 버스 안은 이문세 4집 콘서트였다. '사랑이 지나가면', '이별이야기'가 이어지고, '가을이 오면' 깊은 밤을 날았다. 그리고 눈치 없이 '그녀의 웃음소리뿐'의 후렴구를 무한 반복하는 음치들이 꼭 있었다.

음악은 점점 내 인생 깊숙이 자리 잡았다. 고등학교 시절 나는 이승환에, 내 친구 욱제는 신승훈에 열광했다. 욱제를 이승환 음악에 입덕시키기 위한 나의 노력은 눈물겨웠고, 녀석의 지조는 쓸데없이 드높았다. 그런 육제를 무너트린 곡은 바로 '세상에 뿌려진 사랑만큼'이었다. 그때는 그저 음악을 좋아하는 사람들과 함께 듣는 것만으로도 행복했다. 얼마나 반복해서 들었는지, 나중에는 CD가 아니라 테이프인데도 불구하고 오직 손끝 감각으로 노래의 정확한 시작점으로 찾을 수 있었다.

그리고 1992년 그가 이 땅에 재림했다. 내가 마지막 학력고사 세대가 아니고, Yo 태지가 내가 고3일 때 데뷔하지 않았다면, 나의 학력고사 성적은 달라졌을까? '스잔'과 '경아'로 다른 길을 걸었던 나와 여동생은 태지의 등장으로 대동단결하였고, 태초에 존재하지 않는다고 생각했던 남매간의 가족애를 발견하게 되었다.

대학생이 되면 015B의 노랫말처럼 세련된 남자가 되어 사랑과 낭만이 넘치는 캠퍼스에서 유영할 거라고 생각했다. 그러나 현실은 냉혹했다. 캠퍼스 커플은 판타지 소설 속에서나 존재하는 것이었다. 그렇게 현실을 깨닫고 외로운 늑대처럼 몸서리치던 나를 위로해 주던 두 남자가 있었다. DEUX! 늑대 울음소리로 시작하는 '우리는'과 '약한 남자' 등의 노래를 들으며 나는 현실 세계에서 도피할 수 있었다.

그리고 어쩌면 잃어버린 가족애를 찾았듯이, 내 사랑도 찾을 수 있지 않겠냐는 조심스러운 기대도 했다.

그리고 우리 곁에서 너무 일찍 떠나버린 광석이 형님의 '이등병의 편지'. 입영통지서를 손에 들고 친구들과 호프집에서 세상 다 산 표정을 짓고 있을 때, 이 노래가 흘러나왔다. 도대체 광석이 형은 군대가 얼마나 가기 싫었으면 이렇게 구슬프게 노래를 부른 걸까? 나는 노래를 들으며 맥주 오백을 원 샷 한 후, 장렬히 숙면 모드로 전환했다. 깨어나면 병장이기를 기원했다. 하지만 입소 날짜는 찾아왔고, 국입방부 시계는 생각보다 더 느리게 흘러갔다. 내가 더디게 군 생활에 적응해 가는 동안 가사처럼 친구들은 편지를 보내주었고, 그녀는 울면서 떠나갔다.

"이제 다시 시작이다. 젊은 날의 꿈이여."

내 인생이 도대체 언제 다시 시작될지, 끝이 보이지 않는 이등병의 시간이 이어졌다.

혹독했던 이등병을 거쳐 겨우 일병이 되었다. 그리고 날선 바람에 귀가 찢어지는 게 아닐까 진지하게 고민하던

1994년의 겨울밤. 그 노래를 만났다.

나는 대한민국 최북단에서 실탄이 든 총을 들고 북쪽 하늘을 바라보며 서 있었다. 최전방의 겨울바람만큼 매섭기로 악명을 떨치던 경상도 사나이 최 상병과의 근무시간이었다. 감상에 젖어 있을 때가 아니었다. 동기들이 측은한 얼굴로 나를 바라보았다. 근무가 시작되고 10분이 지나자 그가 나에게로 다가왔다. 사위는 고요하다 못해, 살아있는 모든 생명체가 잠시 숨을 멈춘 것 같았다. 그때 최 상병이 말없이 이어폰 한쪽을 내 귀에 박았다. '박았다'라는 표현이 가장 적절했다. 거친 그의 손동작과 달리 이어폰에서는 신비로운 장혜진의 음성이 흘러나왔다. 라붐의 소피 마르소가 이런 느낌이었을까? 나는 아직도 그 '1994년 어느 늦은 밤'을 가끔 추억한다.

끝나지 않을 것만 같던 군대도 끝이 났다. 이후 취업과 어학연수, 재취업을 지나, 2002년 대한민국 4강 신화와 함께 내 청춘의 한 페이지를 짙게 채색한 긴 사랑도 지나갔다. 그리고 시간은 또 흘러 마침내 나만을 믿고 있는 한 여자와 결혼을 하게 됐다. 아내가 외출한 주말 저녁, 맥주 한 캔을 손에 들고 다른 한 손으로 라디오를 틀었다. 윤종신의 '오래전 그날'이 흘러나왔다.

"나만을 믿고 있는 한 여자와 잠 못 드는 나를 달래는 오래전
그 노래만이."

이 노래를 처음 들었을 때가 생각났다. 나는 입대 전이었
는데, 노래방만 가면 서른 살도 안 된 예비역 형들이 인생 다
산 것처럼 울며불며 이 노래를 불러대는 통에 넌덜머리가
날 지경이었다. 그러나 마흔이 넘어 듣게 된 이 노래는 20대
시절 듣던 노래와 같은 곡이 맞나 싶을 정도로 전혀 다르게
다가왔다. '그 시절 그녀는 잘살고 있을까?'라는 감상에 막
빠져들 때쯤 아내가 초인종을 눌렀다.

"여보!! 나 왔어요!"

역시 엄마는 위대하고, 아내는 전지전능하다.

43살에 공황장애가 찾아왔다. 약도 먹어보고 명상도 해보
며 갖은 노력을 기울이던 어느 날, 우울증을 앓았던 전 직장
동료가 떠올랐다. 그는 이작 펄만의 음악을 들으며 힘든 시기

를 이겨냈다고 했다. 생각해 보니, 어느 순간 바쁘다는 핑계로 음악도 몇 년째 듣지 않고 살았다. 다시 음악을 듣기 시작했다. 그리고 뒤늦게 신해철의 민물 장어의 꿈을 만났다. 노래를 듣는 동안 나는 고향 집과 학창 시절, 신림동 지하 방과 고단한 회사 생활을 거슬러 유영하며, 위로를 받았다.

> 좁고 좁은 저 문으로 들어가는 길은
> 나를 깎고 잘라서 스스로 작아지는 것뿐
> 이젠 버릴 것조차 거의 남은 게 없는데
> 문득 거울을 보니 자존심 하나가 남았네
>
> 신해철 〈민물 장어의 꿈〉

지난밤 이 글을 쓰며 내 인생의 노래들을 쭉 다시 듣기 시작했고, '걱정말아요 그대'에서 약도 없다는 옛 싸이월드 감성이 폭발하고야 말았다. 결국 새벽 3시에야 잠이 들었지만, 다음 날 출근길은 전혀 힘들지 않았다. 나는 출근길 지하철에서 그 시절 우리가 사랑했던 노래들의 링크를 담아 친구에게 문자를 보냈다.

> "이제 테이프 늘어질 걱정은 없는데, 우리 나이는 늘어났네."

"이제는 잔뜩 늘어져 버린 우리의 카세트테이프"

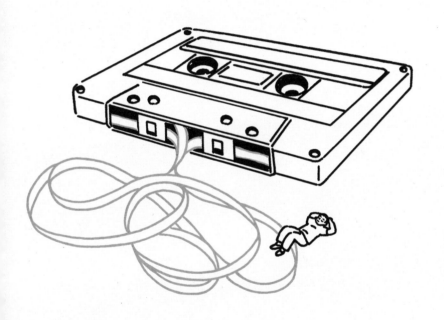

Dear
my Basketball

5년 만의 이사를 앞두고 짐을 정리하던 아내가 난감한 표정으로 나에게 물었다.

"여보! 3년째 손도 안 댄 농구공은 어쩔 거야?"

그랬다! 나는 3년 전까지만 해도 농구공만 잡으면 나이를 망각하는 불꽃 남자(?)였다. 마흔이 넘어서도 농구 동호회 활동을 했지만, 족저 근막염으로 6개월을 넘게 고생한 후 조금 긴 휴식을 취하고 있던 차다. 한참을 고민하다 결단을 내렸다. 이제 실전 농구와는 이별해야 할 때이다.

"흠… 농구공 우리 조카 시우 줄까? 입학하는 중학교에 농구 동아리도 있다던데."

나에게 농구공이 필요 없어지는 날이 오다니! 나의 청춘이 증발하는 기분이 들었다.

아내의 표현에 따르면 시우에게 농구공을 넘겨주던 날의 내 표정은 왕관을 넘겨주는 전년도 미스코리아 같았다고 한다. 애써 웃고 있지만, 만감이 교차하는 그런 표정. 그저 공 일뿐이지만 육체적 청춘의 종지부를 찍는 느낌이었다. 이런 내 기분을 아는지 모르는지 농구와 전혀 어울리지 않는 몸매로 변한 나를 보며 시우가 물었다.

"이모부도 농구 좋아했어요?"
"시우야! 라떼는 말이야……."

1987년 1월, 중학교 입학을 앞둔 12명의 농구 좀비들은 각자의 집에서 내리는 함박눈을 걱정스러운 눈으로 바라보고 있었다. 잠시 후 나는 결연한 손짓으로 독립투사의 연통제처럼 잘 조직된 비상 연락망을 가동했다. 30분이 지나고,

12명의 아이들 손에는 삽이 들려 있었다. 우리는 농구를 하기 위해 무작정 학교 운동장의 눈을 치우기 시작했다. 눈이 내리는 와중에도 우리의 삽질은 멈추지 않았지만 역부족이었다. 3시간 만에 삽을 내려놓은 우리는 농구에 대한 열정과 사랑을 확인한 것에 만족했다.

이때는 '농구대잔치'를 보기 위해 왕복 9시간이 걸리는 서울을 오가면서도 설렘에 힘든 줄 몰랐다. 주말은 물론이고, 쉬는 시간 10분도 농구를 하러 용수철처럼 튀어 나가던 시절이었다. '농구대잔치', '슬램덩크', '마지막 승부'와 함께 우리는 사춘기를 보내고, 스무 살을 맞았다.

성인이 된 우리는 고향을 떠나서도 각자의 생활 터전에서 농구를 즐겼다. 삭막한 도시살이 속에서 농구는 나만의 휴양림이었고, 내 방에는 영화배우나 가수의 사진 대신 유명한 농구 선수인 마이클 조던, 드웨인 웨이드, 스티브 내시, 크리스 폴의 사진이 걸렸다. 그리고 1년에 한두 번, 명절마다 고향 농구장 모여 서로가 어른이 되어가는 과정을 지켜보았다. 청춘이 지나가고 있다는 것도 인지하지 못한 채로.

누군가에게 소나기, 첫사랑 같은 것이 청춘을 대변한다면, 나에게는 딱 농구가 그랬다.

시우에게 농구공을 물려주고 얼마 후, NBA 슈퍼스타 코비 브라이언트가 사망했다. 갑작스러운 소식에 침대에서 한동안 일어나지를 못했다. 동시대를 살아왔던 또래 유명인의 죽음은 유난히 가슴 한구석을 서늘하게 만든다. 특히 한 시대를 풍미했던 사람이라면 더욱더.

코비는 두 개의 올림픽 금메달과 한 손 가득 챔피언 링을 낀 화려한 경력의 선수다. 그리고 그에게는 뛰어난 농구 선수 그 이상의 울림이 있다. 그렇기에 그의 죽음을 슬퍼하는 것은 나뿐이 아니었다. 전 세계, 각계각층에서 그의 죽음을 슬퍼했다.

사실 나는 코비 브라이언트를 그렇게 좋아하던 사람은 아니었다. 농구는 패스를 기반으로 한 팀플레이라고 생각하기 때문이다. 그는 20대 시절 팀 멤버들과 불화를 일으키기도 하고, 패스보다는 자신의 슛을 먼저 생각하는 선수였다. 하지만 이런 나의 마음을 돌려세운 것은 농구에 대한 그의 열정이었다.

그의 훈련 스케줄은 트레이너와 주변 선수들에 의해서 알려지기 시작했다. 그는 새벽 4시부터 훈련을 시작했고, 하루에 1,000개의 슈팅을 성공한 후에야 훈련을 끝냈다. 하루 1,000개의 슛을 '시도'하는 것이 아니다. 슛을 '성공'시키는 것이다. 심지어 그는 우승한 다음 날도 체육관을 공 튀기는 소리로 채웠으며, 손가락이 부러져도 경기 출전을 감행해 평소와 같은 기량을 보여줬다. 30대 후반, 코비는 경기 도중 아킬레스건이 끊어진 채로 자유투를 던진 후 부축을 받으며 경기장을 떠났다. 사람들은 그의 뒷모습을 보며 그가 끝났다고 했다. 그러나 그는 훈련보다 힘들다는 재활을 마치고 다시 코트로 돌아왔다.

그의 모습은 어린 시절 농구에 대한 나의 열정을 떠올리게 했다. 농구를 좋아하는 사람이라면, 농구에 열정을 품어본 사람이라면, 그를 응원하지 않을 수 없었다. 그는 그런 선수였다.

아직도 기억이 난다. 코비를 동경하던 20대의 내가 어느새 40대가 되고, 그도 선수로서 은퇴를 하던 그날. 그날은 시우에게 내가 아끼던 농구공을 물려주던 날과 비슷한 기분이었다. 20년간의 NBA 생활을 마무리하는 코비의 은퇴 경기 날, LA 스테이플스 센터는 축제 분위기로 가득했다. 코비 한 사람만 빼고. 퇴직하는 날, 퇴근 시간까지 회사에 남아 눈을 부라리며 일하는 사람은 지구상에 단 한 명도 없을 것이다. 하지만 코비는 은퇴 경기에서 무려 60점을 넣었다. 자신의 마지막 경기에서도 모든 것을 쏟아부은 것이다. 어쩌면 가장 그다운 마무리였을지도 모른다.

내 추억의 한 페이지를 장식했던 코비. 그의 죽음이 더 크게 다가오는 것은, 그와의 이별이 나의 과거에서 한 걸음 더 멀어진 듯한 느낌, 다시는 그때로 돌아갈 수 없다는 느낌을 주기 때문인 것 같다. 사랑했던 것과의 이별에 의연해지는 순간, 나는 진짜 어른이 될 수 있을까?

눈이 쏟아지던 어느 날, 농구 하나를 위해 운동장을 쓸던 그 소년과는 이제 정말 이별해야겠지. 하지만 그때 그 열정만은 내 가슴 한구석에 남겨두고 싶다. 여전히 내 옆에는 지키고 사랑해야 할 것들이 있고, 내 삶은 아직 끝나지 않았으니까.

땡큐, 코비!
굿바이! 바스켓볼!

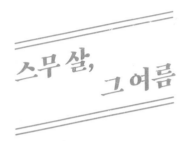

스무 살, 그 여름

90년대 초 캠퍼스에는, 최루탄 가스가 사라지고 취업 전쟁과 IMF라는 토네이도를 맞기 직전 한 줌의 낭만이 잔디밭 위에 위태롭게 남아있었다. 그리고 그 속에서 나의 스무 살이 시작됐다. TV로 보던 청춘 드라마 속 사랑과 낭만은 모조리 나를 비껴가는 듯했다. 그럼에도 나는 희망을 잃지 않고, 어딘가 떨어져 있을 눈먼 낭만을 찾아 학교 여기저기를 기웃거렸다. 그때 몹시도 텐션 좋은 같은 과 선배가 잔디밭에서 소리를 질렀다.

"어이! 거기 강철 무역! 우리 과 후배 맞지? 동아리 들었니? 산

나는 고향이 시골일 뿐이지 20년 동안 낫을 한 번도 잡아본 적이 없으며, 운동은 좋아하지만 굳이 대학까지 와서 산을 타고 싶지는 않았다. 선배의 말에 반박하고 싶은 마음이 목구멍까지 올라왔다. 하지만 정신을 차려보니, 나는 어느새 동아리 입회 원서에 내 인적 사항을 적고 있었다.

다행히도 산악회 선배들은 친절했고 몇 안 되는 동기들도 무난했으며, 나에게 등산을 즐길 체력이 충만하던 시절이었다. 속리산, 치악산, 덕유산으로 이어지는 산행 속에서 나는 등산에 조금씩 재미가 붙었지만, 주위를 둘러보니 어느새 남자 신입생들은 사라져 있었다. 스무 살 남자아이들은 이슬을 머금은 나뭇잎보다는 이슬을 머금은 술잔을 찾아 떠나 버렸다. 그렇게 나는 산악회의 유일한 남자 신입생이 되었다.

여름 방학을 앞두고 지리산 종주가 시작됐다. 나는 산악회를 미리 떠나지 않은 것을 땅을 치며 후회했다. 나를 금지옥엽으로 대하던 선배들은 화엄사 앞에서 아빠 미소를 벗어던졌다. 그러고는 코펠을 비롯한 각종 짐을 나의 배낭에 채

위 주었다. 언제나 홀쭉하던 내 배낭은 순식간에 고도비만이 되어버렸다. 세상의 짐을 모두 짊어진 것 같았다. 알고 보니 지리산 종주는 신입생을 위한 하계 트레이닝이었다. 표정이 숨겨지지 않는 내 앞에서 산악회 형들은, 지리산 종주를 무사히 마치면 진짜 산을 사랑하게 될 거라고 말했다.

"지리산은 정신 바짝 차려야 된다. 산을 훼손해서도 안 되고 자만해서도 안 돼. 종주를 마치고 나면 너도 진짜 산 사나이로 태어나는 거다."

나는 깔딱 고개의 대부분을 기어서 올랐다. 이 산행만 끝나면 산악회를 탈퇴할 거라고 이를 갈며 다짐했다. 역시 청춘의 낭만은 뜬구름 잡는 헛소리라며 지리산에 울분을 토했다. 매초가 고통이었다. 내가 이 고생을 왜 해야 하는지 자괴감이 몰려왔다.

밤이 되자 선배들은 다시 친절해졌고, 기껏해야 두 살 위의 형이 영감님 같은 말투로 나를 위로했다.

"원래 지리산이 음기가 강해서 남자들이 힘들어 한디야. 넌 첫날치고 아주 잘한 겨."

말도 안 되는 선배의 말을 흘려들으며, 밤하늘에서 쏟아지는 별 비도 애써 외면하며, 잠을 청했다.

둘째 날도 여전히 힘들었지만, 지리산의 속살과 풍광이 조금씩 눈에 들어오기 시작했다. 지난밤 산행 후, 내가 이고 지고 온 술과 음식을 먹어 한결 가벼워진 가방 덕이다. 비로소 천국의 문이 열렸다. 산행은 점점 수월해졌다. 심지어 종주를 마치고 계곡에 비루한 몸을 담그는 순간, 모든 고통이 사라지고 뭔가를 해냈다는 성취감이 물밀듯 밀려오기까지 했다. 스무 살의 지리산 종주가 앞으로 펼쳐질 내 인생에 어떤 식으로든 긍정적인 영향을 미칠 거라는 확신이 들었다.

'이래서 지리산, 지리산 하는구나.'

지리산 종주 후 고향 집에서 보낸 스무 살의 여름방학은 더할 나위 없이 지루했다. TV 속 경포대로, 해운대로 향하는 사람들의 모습이 무료함을 극대화했고, 나는 어느새 산악회 형의 전화만 기다리게 되었다. 지리산 계곡에서 늦여름 한라산 등반을 약속하며 헤어졌기 때문이다.

'그래, 마지막으로 한라산만 찍고 산악회 생활을 완전히 정리

하자.'

더위가 한풀 꺾인 어느 날 오후, 입대를 앞둔 산악회 회장 형의 전화가 걸려왔다.

"한라산은 양기를 대표하는 산이라 덜 힘들 겨."

어처구니없는 형의 말을 뒤로하고, 나는 이번이 마지막이라는 다짐을 하며 짐을 꾸렸다.

남자 셋, 여자 셋. 우리는 목포로 향하는 무궁화호에 올랐다. 하늘은 더없이 맑았으며 늦더위가 청춘의 열기를 감춰 주었다. 그러나 잠시 후, 우리의 체온은 측정이 불가능할 정도로 솟아올랐다. 기차에는 놀랍게도 막 데뷔한 20대 초반의 배우 이병헌이 타서 드라마 '살아남은 자의 슬픔'을 촬영 중이었다. 여자 셋은 그에게 사인을 받았고, 남자 셋은 여자 주인공을 애타게 찾았다. 여행의 절반은 역시 목적지에 도착하기 전의 설렘일 것이다. 제주도에 도착도 하기 전에 우리는 여행의 절정을 맛본 것 같았다. 당시 그가 출연하던 또 다른 드라마 '내일은 사랑'의 한 장면에 우리가 담긴 것 같았다. 그저 마구마구 신이 났다.

한껏 들떠 목포역에 내린 우리는 제주행 배에 올랐고, 어른이 되면 비행기를 타고 제주도를 다시 찾자고 약속했다. 갑판 위로 나가니 제주에서 불어오는 연풍이 우리를 더욱 들뜨게 했다.

올레길도 생기기 이전에 제주도는 한적하면서도 신비로웠다. 구글 지도 대신 종이 지도를 든 우리의 모습은 더 멋스러웠을 것이다. 제주도의 할망들은 우리 지도를 보며 목적지까지 5분이면 충분하다고 했지만, 시간은 늘 두세 배가 필요했다. 제주도의 모든 풍광이 우리의 걸음을 더디게 만들었고, 스무 살의 우리는 급할 것도 서두를 이유도 없었다.

"야! 제주도는 가로수가 야자나무야! 남는 건 사진뿐이다. 어서 붙어라!"

우리는 일정 중 날씨가 가장 맑은 날을 택해 한라산에 올랐다. 하지만 산행 내내 비가 내렸다. 비와 짙은 안개로 백록담은 고사하고 몇 미터 앞도 제대로 보지 못했지만, 우리는 정상에 올랐다. 지리산과 한라산을 정복했다는 생각에 절로 뿌듯했다.

돈이 없지 젊음이 없냐! 우리는 젊음을 믿고 대부분의 숙박을 야영지에서 보냈다. 중문 관광단지 근처에서 텐트를 친 날은 폭우가 쏟아졌다. 무겁기만 하고 한없이 부실한 텐트는 무너지기 일보 직전이었고, 우리는 우비도 입지 못한 채 텐트 주변에 고랑을 파기 시작했다. 비가 잠시 그치자 저 너머 특급호텔의 불빛이 신기루처럼 보였다. 내 머리의 헤드랜턴과 5성급 호텔의 조명을 번갈아 보니 비현실적인 느낌이 들었다.

하지만 비가 너무 많이 오면 낭만도 비에 씻겨 내려간다. 다시 내리기 시작한 비는 아침이 되어도 그칠 줄 몰랐다. 뜬눈으로 밤을 지새워 잔뜩 지친 상태로, 비에 젖은 텐트를 둘러맨 우리는 버스에 올랐다. 그리고 버스 좌석에 남아있는 지나간 사람들의 온기를 느끼며 잠이 들었다.

시간이 얼마나 지났을까? 어느새 비가 그쳐 강렬한 태양이 무거운 눈꺼풀을 자극할 즈음, 누군가 차창 밖을 보고 소리를 지르며 정차 벨을 눌렀다.

"바다다~~~"

지금껏 본 바다와는 차원이 다른 바다였다. 그야말로 이

세상 빛깔이 아니었다. 천상의 빛깔이었다. 버스에서 뛰쳐
내린 우리는 모든 짐을 해변에 집어 던지고, 바다로 몸을 던
졌다. 그 사이 텐트와 배낭은 자동 건조되었고, 되살아난 우
리의 모든 마음이 한껏 부풀어 올랐다.

　마지막 날은 성산 일출봉에서 일출을 보기 위해 민박집
에 짐을 풀었다. 저녁 식사를 마치고 누군가 서태지 2집을
틀었다. 노래와 이야기, 웃음 속에서 밤은 깊어갔다. 그동안
쌓인 피로와 내일 아침 일정에 대한 걱정이 어느새 저 멀리
사라졌다.

　별 시답잖은 이야기였지만 우리의 웃음은 끊이질 않았
고, 이야기는 밤새 이어졌다. 결국 일출을 보기 위해 일어나
야 할 시간까지 잠들지 않은 우리는 고민에 빠졌다. 그러나
곧 이어진 영감 같은 형의 한 마디를 신호로 우리는 편안하
게 잠이 들었다.

　　"다음에 비행기 타고 와서, 그때 일출 보자."

　계획은 세우는 데 의의가 있고, 약속은 지켜지지 않았을
때 잊히지 않는 법이다. 우리는 성산 일출봉의 일출을 끝내

함께 보지 못했다. 언젠가 다시 한번 제주도를 함께 오지 않을까라는 막연한 기대가 있었지만, 20여 년은 생각보다 빨리 지나갔다. 이제는 소식이 완전히 끊어져 버린 사람도 생겼다. 하지만 괜찮다. 그때를 생각하면 여전히 설레니까. 지켜지지 못한 약속 덕분에 아직도 내 스무 살은 아직도 묘한 기대감으로 두근거리게 되었으니까.

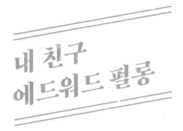

내 친구
에드워드 펄롱

2019년 가을, 아놀드 슈워제네거와 린다 해밀턴이 무려 30여 년 만에 터미네이터 시리즈로 돌아왔다. 학창 시절에 봤던 터미네이터의 기억을 안고 아내와 극장으로 향했다. 아내와 나는 중년이 되었고, 아놀드와 린다는 할아버지, 할머니가 되어 있었다. 영화의 완성도를 떠나 그들을 스크린에서 다시 볼 수 있다는 것이 좋았다. 특히 CG로 출연한 존 코너 역의 에드워드 펄롱을 보고는 나도 모르게 미소가 지어졌다. 나에게는 '에드워드 펄롱'이라 불리던 친구가 있었다.

1994년 봄, 오후 강의를 마치고 하숙집으로 향하는 길이었다. 새 학기가 시작된 학교에는 덧없는 설렘만 가득할 뿐, 스무 살의 나는 여전히 쓸쓸했다. 듀스의 카세트테이프를 워크맨에 장착하고 볼륨을 최대로 올린 채 쓸데없이 좋은 날씨만 탓하고 있을 때였다. 두꺼운 전공 책을 껴안은 여학생이 나를 따라오고 있었다. 엄마는 내가 '이별 아닌 이별'을 부른 이범학을 닮았다고 우기지만, 나는 거울을 보고 객관적인 판단을 할 줄 아는 이성적인 아들이었다. 그래도 일말의 기대를 품지 않을 수 없었다.

'왜지? 설마? 아냐, 그럴 리가? 잠깐만? 나도 이제 드디어 여자친구가 생기는 건가?'

이 짧은 찰나의 순간, 내 머리는 이미 듀스의 '여름 안에서'를 배경음악으로 깔고, 청춘 드라마의 한 장면처럼 여자친구와 손을 잡고 바닷가를 달리는 모습을 디렉팅하고 있었다. 나는 학교 정문을 벗어나자마자 길가에 서서 담배를 꺼내 물었다. 그녀의 얼굴이 궁금하기도 했고, 먼저 용기를 낸 숙녀에게 틈을 주는 것이 신사의 배려라고 생각했기 때문이다. 그녀는 예뻤고, 내가 갑자기 멈추자 따라서 멈춰 섰다. 나는 짐짓 아무것도 모르는 척 하늘을 향해 담배 연기를 내

뿜었다. 순간 그녀와 눈이 마주치자 '남자 셋 여자 셋'의 김 진처럼 '안녕'하고 겸연쩍은 인사도 건넸다. 나의 섬세한 배 려 덕분인지 그녀는 내게 다가왔고, 가방에서 편지를 꺼내 며 말했다.

"저기… 너 에드워드 펄롱이랑 같이 살지? 이 편지 좀 전해줄 래? 네가 편지를 열어볼 정도로 유치한 사람일 거라고는 생각 안 해. 다음에 내가 꼭 소개팅해줄게. 부탁해."

타임머신이 있다면 반드시 돌아가고 싶다. 그때로 돌아가 그녀에게 안녕이라고 인사하던 내 손목을 비틀어 버리고 싶 다. 그녀는 내가 아니라 내 친구 놈을 위한 큐피드 역할을 내 게 부여했던 것이다.

나의 룸메이트 L은 멀쩡한 한국 이름이 있는데도 불구하 고, 이미 인문대 여학우들 사이에서 에드워드 펄롱이라는 별명으로 불리고 있었다. 그녀 역시 그중 한 명. 나는 밀려오 는 수치심과 자괴감을 붉은 얼굴로 승화시키며 하숙집을 향 해 하니보다 빠르게 달리기 시작했다. 잔인한 그녀는 달리는 나의 등에 대고 큰소리로 외쳤다.

에드워드 펄롱이라(이하 펄롱) 불리던 L의 첫인상은 불편했다. 대학교 입학 전 OT에서 그놈을 처음 보았는데 178cm의 키에 말라비틀어져 똥배라고는 하나도 없으며, 다리는 길고 머리는 멸치 같은, 전형적인 모델 몸매의 소유자였다. 몸매도 재수 없는데 얼굴은 더 가관이었다. 찰랑거리는 머리가 한쪽 눈을 가려 몹시 불편해 보였지만, 그마저도 멋져 보였다. 나는 그놈이 진짜 부러웠다.

지루하기 짝이 없던 OT 공식 행사를 마치고, 신입생들은 큰 방에 모여 수건돌리기라도 할 기세로 둥글게 앉았다. 어제까지 고등학생이었던 우리 앞에는 술이 가득 담긴 종이컵과 수산물 향이 나는 과자가 놓여있었다. 그리고 우리는 선배들의 지시에 따라 밑도 끝도 없이 노래를 부르기 시작했다. 모두가 오직 박수 소리에 맞춰 록, 트로트, 댄스곡 등 흥을 돋우는 노래를 불렀다. '남행열차'와 '소양강 처녀'가 돌림노래처럼 이어졌고, 나는 드라마 OST인 '걸어서 하늘까지'를 목이 터져라 불렀다.

드디어 펄롱의 순서가 되었다. 여자 동기들은 '노래마저 잘하면!'이라는 기대를 품고, 남자 동기들은 '노래마저 잘하면…'이라는 우려를 품고 그를 바라봤다. 펄롱은 쉽게 입을 떼지 못했다. 모두가 '안 나오면 쳐들어간다'를 외치며 펄롱을 압박했고, 마침내 펄롱이 기어들어 가는 목소리로 한껏 달아오른 분위기에 찬물을 끼얹기 시작했다. 펄롱은 잔잔하다 못해 축축 처지는 윤상의 '이별의 그늘'을 불렀다.

"문득 돌아보면 같은 자리지만, 난 아주 먼 길을…"

펄롱의 노래가 끝난 후, 나머지 학생들은 다시 분위기를 끌어올리기 위해 아주 먼 길을 돌아가야 했다.

2학년이 되어 나는 펄롱과 같은 하숙집에 둥지를 틀었다. 어쩌다 보니 펄롱은 외향적인 나의 성격을, 나는 펄롱의 외모를, 우리는 서로 가지지 못한 것을 동경하며 우정을 쌓고 있었다. 우리의 하숙집은 학교 앞 장미 아파트 806호였다. 영등포 건물주 아들인 무기재료공학과 K는 독방을 사용했고, 러시아학과 2명이 한 방에, 나와 펄롱이 다른 방 하나에 기거했다. 그러나 기이하게도 우리는 모두 한방에서 잠을 잤다.

어느 날, 바른 생활 사나이 러시아학과 B가 잠자기 전 조심스럽게 말을 꺼냈다.

> "저기…. 우리 인류가 원래 옷을 안 입고 살아왔잖아. 우리는
> 이제 문명인이니까 옷을 입긴 해야 하고…. 그런데 잠잘 때만
> 이라도 알몸을 유지하면 건강에 그렇게 좋대."
> "야! 미친 소리 하지 말고 잠이나 자."
> "아주 강한 남자가 될 수 있대."
> "꺼져, 이 변태 자식아!"

그날 밤이 문명인으로서 우리의 마지막 밤이었다. 다음 날부터 '4월인데도 아파트라 그런지 방이 너무 덥다'며 하나 둘 옷을 벗기 시작했고, 우리들은 그렇게 완전한 자연인의 모습으로 잠이 들었다.

우리가 사는 집 2층 아래, 장미아파트 606호에는 우리의 삼시 세끼를 책임져 주는 하숙집 아주머니 부부와 두 딸이 살고 있었다. 아주머니는 매끼 식탁 다리가 휘어지게 밥을 준비해 주셨다. 음식 솜씨가 얼마나 좋으셨는지, 아직까지도 아주머니 밥이 생각나곤 한다. 아주머니가 해주신 모든 음식이 맛있었지만, 그중 특히 카레가 잊혀지질 않는다. 유독

자주 등장했기 때문이다.

"몰랐어? 606호 고딩 둘째 딸이 펄롱을 짝사랑하잖냐. 펄롱이
카레 좋아한다는 걸 알고 엄마한테 맨날 카레 해달라고 그래.
야, 펄롱! 다음엔 꼭 소고기 좋아한다고 해라."

하숙집 둘째 딸은 펄롱만 편애했지만, 아주머니는 우리
모두를 자식처럼 대했다. 응답하라 시리즈가 우리 아주머
니를 롤 모델로 한 게 아닐까 싶을 정도로, 항상 넘치는 사
랑과 음식을 주셨다. 아주머니는 풍족한 세 끼 외에 야식으
로 컵라면과 김치에 계란까지 챙겨주셨다. 항상 배가 고팠
던 우리에게는 정말 감사한 일이 아닐 수 없었다. 그리고 이
라면을 맛있게 먹는 우리만의 방법이 있었다. 하숙집 컵라
면은 반드시 펄롱식으로 먹어야만 그 맛을 온전히 느낄 수
있었다.

"컵라면의 수프는 3분의 2만! 수프가 바닥에 잘 깔리게 하는
게 중요해. 그리고 날계란을 터트려! 마지막으로 면 위에 김치
를 이렇게 수북이 쌓는 거지!"

내가 산악회 동아리에서 거나하게 술을 마시고 온 날은 필롱이 눈을 찌르는 앞머리를 입바람으로 쓸어 올리며, 이런 필롱식 'The 라면'을 제조해 주었다. 4박 5일의 첫 혹한기 훈련을 마치고 부대로 복귀한 날 먹은 라면, 지리산 장터목 대피소에서 먹은 라면과 함께 필롱의 The라면은 내 인생 3대 라면으로 남아있다.

여자 친구가 생기길 간절히 바라던 스무 살의 어느 날, 나는 농구를 하다 팔이 부러졌다. 그리고 여자 친구가 아닌 필롱이 두 달간 내 머리를 감겨 주었다. 나는 필롱이 고맙기도 하고 괜히 얄밉기도 했다. 그래서 평소 안 하던 린스까지 요구했다.

"야, 야! 됐어! 환자 주제에 무슨 린스까지 해 달래."

필롱은 매번 투덜대면서도, 샤워를 하려는 나의 팔에 비닐을 정교하게 감아주는 작업도 직접 집도했다. 1년간의 짧은 동거를 끝으로 우리는 원하지도 않는 나라의 부름에 논산과 의정부로 끌려갔고, 우리의 동거 이야기도 거기서 멈추었다.

하지만 우리의 이야기는 2022년이 된 지금까지 이어지고 있다. 오늘은 이상하게 나의 옛 친구 펄롱이 보고 싶은 날이다. 카톡으로 나만의 슈가맨을 소환했다.

"How are you, 펄롱? 잘살고 있지?"

"뭐래! 잘 사는지는 모르겠고 그냥 살아가고 있다."

아이 러브 스쿨1

나는 '인구 십만 유지'에 실패했다고 공무원들이 검은 넥타이를 매고 출근하는 소도시에서 태어났다. 엄마가 저녁 먹으라고 소리칠 때까지 골목에서 축구를 하고, 여름이면 물고기를, 가을이면 메뚜기를 잡으러 다녔다. 그리고 영화처럼, 초중고를 함께 다닌 철수, 중재와 한 소녀를 좋아했었다. 소녀의 이름은 황지현, 우리의 첫사랑이었다.

　4학년 2학기가 시작되고, 서울에서 지현이가 전학을 왔다. 지현이는 철수와 한 반이 되었고, 나는 바로 그 옆 반이었다. 철수, 중재와는 여전히 친했지만, 나의 생활 반경은 내

반에 한정되어 있었다. 그래서 지현이를 제대로 본 적이 없었다. 내가 지현이와 제대로 인사를 하게 된 것은 학년이 바뀌고도 시간이 좀 지나서였다.

5학년이 된 지현이는 이번에는 중재와 같은 반이 되었다. 어느 토요일 오후, 나는 야구 배트에 글러브를 낀 채 중재네 집으로 향했다.

"중재야!"

그땐 그랬다. 친구를 보고 싶으면 친구 집으로 가서 친구의 이름을 불렀다. 잘 가꾸어진 정원을 가로질러 집 안으로 들어서니, 중재네 반 친구들이 이미 거실을 차지하고 있었다. 그리고 그 사이에 지현이가 있었다. 중재의 소개로 나와 그녀는 처음 인사를 했고, 나는 그 순간 마른하늘에 벼락 떨어지듯 사랑에 빠지고 말았다.

다음 날부터 나는 지현이의 얼굴을 보기 위해 중재네 반앞을 서성였다. 지현이가 당번인 날에는 지현이가 지나갈 길목에 서 있기 위해 내달렸다. 자연스러운 만남을 가장하기 위해서는 학교 건물을 크게 돌아가야 했기 때문이다. 시간에 맞춰 도착하기 위해선 계단에서 얼마나 시간을 줄이느

냐가 관건이었다. 그래서 난간에 배를 대고 미끄러져 내려갔다. 고소공포증이 많아 철봉도 무서워하는 내가 그때는 망설임 없이 몸을 던졌다. 그러나 정작 헐떡이는 숨을 참으며 지현이 앞에 서면 꿀 먹은 벙어리가 되고 말았다. 마치 두 발로 처음 서게 된 아이처럼 서 있는 것조차 힘겨웠지만, 지현이를 보는 것만으로도 좋았다.

이듬해, 나는 기도에 모든 열정을 쏟아부었다.

"부처님, 하느님, 올해는 제발 지현이와 같은 반이 되게 해주세요. 부디 한 학기 만이라도!"

그러나 새 학기를 앞둔 봄 방학, 청천벽력 같은 소문이 돌기 시작했다.

"지현이 다시 서울로 전학 간대!"

나에겐 홍콩 할머니 귀신이 아이들을 잡아먹으러 다닌다는 괴담보다도 무서운 소식이었다. 그래서 나는 봄방학 동안 더욱더 최선을 다했다. 매일 같이 온갖 신의 이름을 부르짖으며 기도했다는 소리다.

새 학기가 시작되고, 6학년 전체가 운동장에 모여 담임선생님의 호명을 기다리고 있었다. 아무리 둘러보아도, 300명이 넘는 아이들 속에 지현이의 모습은 보이지 않았다. 이윽고 6학년 1반을 맡게 된 안 선생님이 내 이름을 불렀다. 제발, 제발 지현이와 같은 반! 초조함과 불안함, 설렘이 공존하는 반 배정이 마무리될 즈음, 드디어 안 선생님이 지현이의 이름을 불렀다. 만세! 하지만 짜릿한 성공의 기쁨도 잠시.

"황지현! 황지현?"

지현이는 끝내 모습을 드러내지 않았다.

그날 철수는 5반, 중재는 6반이 되었다. 우리 셋은 학교 느티나무 아래에 모였다. 이미 소도시 구석구석 모르는 곳이 없던 철수가 한 가지 제안을 했다.

"지현이가 정말 전학 갔는지 집에 한 번 가볼까? 여고 근처에 큰 벚나무 집이 지현이네 집이라던데."

철수가 말한 지현이네는 어린 우리의 행동반경을 크게 벗어나는 곳에 있었지만, 우리는 용기를 내었다.

우여곡절 끝에 도착한 지현이네 대문은 굳게 닫혀 있었고, 돌담 위로 큰 벚나무만이 자태를 뽐내고 있었다.

'정말 전학을 간 걸까? 고백도 못 했는데?'

끝내 문을 두드릴 용기를 내지 못한 우리는 지현이네 집을 한참 벗어난 후에야 지현이의 이름을 허공에 대고 크게 불렀다.

"지현아~ 지현아~~"

다행히도 새 학기가 시작된 지 3일째, 지현이가 교실 문을 열고 들어왔다. 그리고 나와 지현이는 반장과 부반장이 되었다. 반장이 되면 학급을 위해 헌신하겠다는 공약을 지켜야 해서 어쩔 수 없이(?) 지현이와 협업해야만 했고, 책무를 다하기 위해 열심히 지현이와 무언가를 상의했다. 원하던 대로 지현이와 많은 시간을 함께했다.

지현이를 못 보게 되는 주말이면 중재, 철수와 함께 지현이 집을 찾았다. 딱히 신사협정이 있던 것은 아니지만, 우리는 셋 중 한 명이라도 빠지는 주말에는 지현이 집을 찾지 않았다. 봄날 들판의 냉이 같던 우리는 단지 함께 하는 것만으로도 행복했었다.

일장춘몽! 신은 나의 소원을 지나치게 디테일하게 들어주셨다. 지현이와 영원히 함께해달라고 빌걸, 왜 소심하게 한 학기만 함께하게 해 달라고 빌었을까? 후회가 밀려왔지만 이미 늦었다. 지현이는 여름 방학 일주일 전 우리에게 전학 소식을 알렸고, 종업식 날 선생님은 공식 발표로 이 사건의 종지부를 찍어주셨다.

"자! 한 학기 동안 부반장으로 고생한 지현이가 서울로 전학을 가게 되었다. 떠나는 친구를 위해 노래를 불러주자."
"오랫동안 사귀었던 정~든 내 친구여…."

교실은 울음바다가 되었고 나는 유독 서럽게 울었다.

방과 후 중재, 철수와 지현이 집을 찾았다. 지현이네 엄마가 서울 집 주소를 알려주며, 우리를 배웅해 주셨다.

"우리 지현이 좋아해 줘서 고마워. 열심히 공부해서 대학생 되면, 서울에서 꼭 다시 만나라."

우리는 지현이의 서울 집 주소를 손에 꼭 쥐고 눈물을 닦으며 집으로 향했다. 언제 대학생이 된단 말인가! 교회에 다니던 중재와 성당을 다니던 철수, 부처님을 조금 더 편애하던 나는 각자의 신에게 빨리 대학생이 되게 해달라고 사정을 했다.

지현이의 부재 속에서 우리는 중학생이 되었다. 매일매일 편지할 거란 굳은 다짐은 땡볕 아래 죠스바처럼 녹아버렸다. 서울은 우리에게 너무나 먼 곳이었다. 지리 수업을 마친 어느 날 철수가 지도책을 가지고 중재와 나를 불렀다.

"지현이가 ○○대학교 부속 중학교에 다니고 있고, 집 주소로 추측건대 지현이 집은 여기 어디쯤이야."

중재와 나는 철수의 손가락 끝을 바라보며 철수를 향해 따봉을 날렸다. 언제쯤 우리가 다시 만날 수 있을까? 지현이도 아직 우리 생각을 할까? 그리움과 걱정이 함께 쌓여갔다.

고등학교 진학과 함께 간간이 이어지던 지현이와 연락이 완전히 끊어졌다. 그래도 우리는 끊임없이 지현이 이야기를 하며, 대학생이 되고, 군인이 되고, 직장인이 되었다. 20세기가 시작되어도 지구는 멸망하지 않았고, 지현이도 나타나지 않았다. 이제는 퇴근 후, 조금 드물게 지현이 이야기를 하게 되었다. 우리들의 상상 속 지현이도 멋진 어른으로 성장했다. 그녀는 미스코리아급 미모에 대기업을 다니며, 연애는 하지 않는 미스터리한 인물로 남아있었다. 그렇게 15년이란 시간은 빠르지도 느리지도 않게 지나갔다.

그리고 성냥팔이 소녀보다 먼저 '아이러브스쿨'이 이 땅에 재림했다.

아이
러브
스쿨2

아이러브스쿨은 이 땅에 긍정적인 효과와 부정적인 효과를 동시에 불러왔다. 당시 화제성과 영향력은 오늘날 어떤 SNS 보다도 대단했다. 사람들은 너도나도 아이러브스쿨에 가입했고, 그리운 동창들을 찾아 헤맸다. 우리도 가만히 있을 수 없었다. 우리는 마우스 버튼이 닳아 없어질 정도로 사이트를 들락거렸지만, 지현이는 찾을 수 없었다. 감수성이 예민한 중재가 철수와 내가 차마 입 밖으로 내뱉지 못한 말을 토해냈다.

"혹시 지현이는 우리를 잊은 게 아닐까?"

"지현이가 치매냐? 벌써 잊게! 진짜 겁나는 건 우리와의 추억을 소중하게 생각하지 않아서 이 학교로 가입을 안 하는 거지. 겨우 2년 반 다닌 시골 학교일 뿐이라고 생각할 수도 있고…."

낭만주의자 중재와 현실주의자 철수의 답 안 나오는 걱정과 분석이 이어졌다.

며칠 후, 철수에게 다급한 연락이 왔다.

"지현이 떴다!"

철수는 이제야 아이러브스쿨에 가입한 지현이를 발견하고 쪽지를 보낸 상태였다. 철수와 나는 퇴근 후, 신림동 지하 자취방에서 지현이의 답장을 애타게 기다렸다. 심각한 기계치인 내가 모니터를 이리저리 옮기자 신경이 날카로워진 철수가 나를 향해 쏘아붙였다.

"이거 라디오도 천리안도 아니다. 이런 무식한 티, 밖에서는 내지 말고 다녀라."

"어…어, 그래. 그런데 세상 진짜 좋아졌다. 삐삐와 휴대폰에

이은 현대 과학의 승리다."

그 순간, 줄곧 침착함을 유지하던 철수가 모니터를 껴안고 소리를 질렀다.

"야! 왔다! 답장 왔어! 지현이 강남역에 있는 회사에 다닌대!"
"그래? 빨리 약속 잡아. 중재에겐 내가 지금 연락할게!"

그날 밤, 철수와 나는 아이러브스쿨의 탄생은 아폴로 13호의 달 착륙보다 위대하며, 개발자에게는 노벨 기적상이라도 신설해서 수여 해야 한다고 너스레를 떨다 잠이 들었다.

지현이와 약속한 금요일 저녁 7시 30분, 강남역 뉴욕제과 앞. 우리 셋은 가지고 있던 몇 벌 안 되는 옷 중에서 제일 좋은 것으로 빼입었고, 무스 한 통을 다 쏟아부은 것 같은 기름진 헤어스타일로 약속 장소에 30분 일찍 도착했다. 나는 대학교 합격 발표 날보다 떨리는 심장을 부여잡고 있었다.

"진짜 가슴이 터질 것 같다. 그런데 우리 서로 못 알아보는 거 아냐?"

"시간이 왜 이렇게 안 가냐? 지현이 약속 시간 잘못 안 건 아니겠지?"

떨리는 마음을 주체하지 못 하는 것은 중재도 마찬가지였다. 철수만이 나름의 냉철함을 유지하고 중재와 나의 대화 속 오류를 지적했다.

"우리가 30분이나 일찍 나왔고, 아직 3분밖에 안 지났다. 그 입들 좀 닥쳐라."

청춘들 사이 '만남의 장소'답게 금요일 저녁의 뉴욕제과 앞은 사람들로 넘쳐났고, 서른을 코앞에 앞둔 우리들은 새 학기를 앞두고 지현이와 한 반이 되기를 기도하는 소년으로 회귀해 있었다. 약속 시각을 5분 정도 남겼을 때, 철수가 우리의 왼쪽을 가리켰다.

"지현이는 아마 저쪽에서 올 거야."

중재와 나는 중학생 시절 지도책에서 지현이 집을 유추해내던 철수의 손가락을 떠올리며 왼쪽으로 고개를 돌렸다.

그때 거짓말처럼 전방 100m 앞에서 지현이가 우리 쪽으로 걸어오는 것이 보이기 시작했다. 우려와 달리 우리는 한눈에 지현이를 알아보았고, 지현이는 광채를 내뿜으며 우리를 향해 걸어오고 있었다. 지현이 말고는 아무도 눈에 들어오지 않았다. 금요일 밤 강남역이 아니라 출근길 신도림역 안에서도 지현이를 알아볼 수 있을 것만 같았다. 그러나 발은 바닥에 뿌리를 내린 것 같았고, 입에는 3중 잠금장치가 설치된 것 같았다. 지현이가 우리 앞에 다가오자 너무 집중한 나머지 셋 중 한 명은 살짝 침을 흘린 거로 추정이 되는데, 오늘날까지도 서로 자기는 아니라고 우기고 있다.

그렇게 보고 싶어 하던 지현이를 만났지만, 우리 셋은 지난주에 만난 친구를 다시 만난 것처럼 간단한 인사만 나눴다. 거창한 재회 인사는 없었다. 우리는 서둘러 철수가 예약해둔 파스타 집으로 향했다. 지현이도 어색했는지 약간의 거리를 두고 우리를 뒤따랐다. 자리에 앉은 우리는, 그제야 모든 부사와 형용사를 섞어가며 지현이에게 반갑다는 인사만 반복했다.

"아까 주문할 때 '카르보나라' 대신 '반가워' 달라고 할 뻔했어. 지현아! 지겹겠지만 정말 반갑다."

중재의 헛소리에 지현이가 웃음으로 반응을 보이자, 철수와 나 역시 속이 빈 말들을 늘어놓기 시작했다. 그리고 한참 우리의 헛소리를 듣던 지현이의 알찬 대답이 우리를 감동시켰다.

"나… 너희랑 헤어지고 다시 서울로 돌아온 후 너무 힘들었어. 만화책만 보다가 학교 안 가는 날도 있었어. 그때 엄마가 열심히 공부 안 하면 너희 셋을 다시 만날 때 부끄럽지 않겠냐고 말했었고, 너희들 생각하면서 열심히 공부했어."

그 말은 사실이었다. 지현이는 한의학으로 유명한 서울 소재 대학 약학과를 졸업한 후, '사'자 들어가는 여자로 우리 앞에 나타났다. 우리 셋은 서로의 눈을 보며 지현이에게 따봉을 들어 보였다. 그때 철수가 입을 열었다.

"그래? 우리랑 완전히 반대네. 우리는 지현이 네 생각을 너무 많이 해서 공부를 못했어! 집중이 안 되더라고."

이런 헛소리에도 지현이는 활짝 웃었다. 철수의 주도로, 우리의 대화는 점점 편안해져갔다.

2차로 맥주를 간단히 마신 우리는 노래방으로 향했다. 철수가 지누션의 '말해줘'로 갖은 재간을 부렸으며, 나는 구피의 '비련'으로 주책을 떨었다. 뒤이어 중재가 배일호의 '흙에 살리라'를 부르자 지현이가 탬버린을 집어 들었다. 그 와중에 지현이는 한 손으로 다음 곡을 예약하고 있었다. 지현이가 한 손에 탬버린을 들고 예약한 곡은 샵의 '가까이'였다. 노래 가사에 충실한 안무가 당시의 트렌드였기에 지현이가 '가까이 가까이 더 가까이'를 부를 때마다 우리 셋은 발맞춰 지현이에게로 다가갔다. 지현이는 12살 소녀처럼 까르르 웃었고, 그런 지현이를 바라보는 것만으로도 지난날의 그리움을 보상받는 것 같았다.

그리고 한 번 더. 우리는 경복궁에서 다시 만났다. 지현이 손에는 디카가 들려 있었다. 우리는 6학년 경주 수학여행 이후 처음으로 함께 사진을 찍었다. 어느 고고학자는 현 인류의 디지털 정보보다 종이나 돌에 새겨진 정보가 더 오래 보존될 거라고 했다. 그날 지현이가 찍은 디지털카메라 속 우리의 모습은 어디에도 없고, 인사동에서 찍은 스티커 사진 한 장만이 남아있는 걸 보면 그 학자의 말이 맞을지도 모르겠다.

우리 셋은 성장하는 내내 지현이를 그리워했지만, 누구도 지현이에게 한 발 더 가지 않았다. 타인과의 약속을 잘 지키지 못하는 성인이 되어서도, 어릴 적 세운 무언의 신사협정만은 잘도 지켰다.

3개월 후, 이번에는 내가 캐나다로 어학연수를 떠나게 되었다. 캐나다로 떠나기 전, 우리 넷은 서울 어딘가에서 만났다. 십여 년 전처럼 울지는 않았다. 1년 후면 다시 볼 수 있다고 확신했기 때문일까? 아니면 어른이 되어 버렸기 때문이었을까?

캐나다에서 돌아오니 나는 서른 살이 되었고, 다시 도전한 취업은 여전히 어려웠다. 사회에서 조금씩 입지를 굳혀 가는 친구들 집을 전전하며 백수로 지내다 보니 초조해졌고, 되는 일이 하나도 없는 인생 최악의 시기를 보내고 있었다. 그렇게 세상에서 살아남기 위해 고군분투하다 보니, 지현이를 못 본 지 2년이 훌쩍 지나갔다. 그제야 지현이가 떠올랐다.

"참! 중재야! 그동안 지현이랑 가끔 만났니? 다음 주에 한번 보자. 내가 취직 턱 쏠게."

"연락 끊긴 지 오래다. 너 캐나다 있는 동안 우리 한 번도 안 만났어. 전화번호도 바뀌었더라고."

나는 둘의 무책임한 처사에 격분했지만, 지금은 잘잘못을 따질 때가 아니었다. 나는 지난번처럼 뭔가를 해야 한다고 모두를 독려했다.

"지현이를 다시 찾아보자. 한 번 찾았는데 두 번 못 찾겠냐? 싸이! 싸이월드 있잖아."

나의 재촉에 철수가 싸이월드 주소창에 알파벳을 끼워 넣으며 말했다.

"우리 강남역 뉴욕제과 앞에서 다시 만난 날 지현이가 말한 메일 주소 생각나냐?"

철수는 IQ가 146이지만, 단순 암기에만 특화된 특이한 천재 유형이다. 그러면서 항상 자신이 명문 대학 진학에 실패한 원인은 한국의 교육 시스템과 맞지 않았기 때문이라고 주장한다. 철수는 학교 공부 대신 전국의 도시 이름을 모조리 외우고, 지하철 노선도를 지하철 안에서 큰 소리로 되새기며, 내각이 개편될 때마다 정부 부처의 장관 이름을 외우는 데 자신의 뇌를 사용했다. 아무튼 그날 지현이가 한숨을 쉬며 말한 기억이 어렴풋이 났다.

"내 메일 아이디 괴상하지? 이게 사실 약 이름인데 너무 길고 안 외워져서 궁여지책으로 내 메일 주소로 만들었어."

철수는 그때 지현이가 한 번 이야기한 그 약 이름을 기억하고 있었다. 중재와 나는 철수를 향해 어김없이 따봉을 날렸고, 철수는 싸이월드 주소창에 암호 같은 지현이의 메일 아이디를 탁! 탁! 탁! 찍었다. 아이러브스쿨에 이어 싸이월드에서 지현이를 만나는 문이 열리고 있었다.

아이러브스쿨은 우리에게 환상 속의 지현이를 보여주었으나, 싸이월드는 현실의 지현이를 보여주었다. 지현이는 어떤 남자와 결혼했고, 미국에서 행복한 미소를 짓고 있었다.

"행복해 보이네………"

여기까지가 시골 소년들이 사랑했던 한 서울 소녀 추적기이다. 하루에도 몇 번씩 지현이 이야기를 하던 소년들은 아이러브스쿨과 함께 사라졌다. 가장이 된 소년들은 이제 그들이 사랑했던 소녀 이야기 대신 대출금 상환과 퇴직 이후를 이야기하고 있다.

그리고 그 시절 노래방 엔딩 곡은 언제나 015B의 '이젠 안녕'이었다.

안녕은 영원한 헤어짐은 아니겠지요
다시 만나기 위한 약속일 꺼야
함께했던 시간은 이젠 추억으로 남기고
서로 가야 할 길 찾아서 떠나야 해요

015B 〈이젠 안녕〉

Work
Track

업業

엎어치고
메치고

새해 첫 출근, 내 책상이 사라졌다

올해도 출근길을 밝혀주는 얄미운 태양이 어김없이 떠올랐다. 16년 차 직장인의 새해 첫 출근 날은 짧은 연휴로 발걸음만 더 무거워졌다.

　"여보, 이번 한 해도 수고해요. 파이팅!"

아내의 다정한 격려는 마을버스를 타고나면 마법의 가루처럼 그 효과가 사라졌다.

　'길몽인가 싶어 로또를 3만 원어치나 샀는데, 꼴랑 5천 원짜리

하나 당첨이라니! 개꿈이었네, 개꿈.'

일확천금의 꿈은 가볍게 접어 쓰레기통에 버리고, 힘찬 발걸음으로 사무실에 들어섰다. 아무리 내겐 똑같은 월요일이라도 새해 첫 출근 날이 아닌가. 그런데 어째 분위기가 바깥 날씨보다 냉랭했다.

"저기 김 팀장, 지금이라도 임원실 들어가 봐. 혹시 이미 말했는데 의견이 반영 안 된 거야?"

평소 친하게 지내며 이것저것 도움을 주던 법무팀장이 걱정스러운 눈빛으로 영문을 알 수 없는 말을 건넸다.

"뭐야? 설마 아무것도 모르고 있는 거야? 아무 언질도 못 받았어? 이런 둔한 사람아. 빨리 사내 문서나 열어봐. 1층에서 기다리고 있을게."

뭔가 사달이 났구나 싶어 불안한 마음에 사내 문서를 확인했다. 인사발령 공지가 떠 있었다.

'해외 영업팀 김재완 팀장 직위 해제. 마케팅 지원팀 발령'

이게 뭔 호랑이 풀 뜯어 먹는 소리래? 백번 양보해서 직위를 해제하고, 좌천을 시켜서 전혀 상관도 없는 부서로 발령을 낸다고 하더라도 미리 언질은 있어야 하지 않나? 내가 비록 이직해서 여기는 5년 차지만, 회사라는 큰 테두리 안에서 살아온 시간이 16년 차인데!

'내 우물쭈물하다가 이럴 줄 알았다'라는 버나드 쇼의 묘비명이 떠올랐다. 낭패감이 내 온몸을 휘감았다. 작년 연말 송년회 때 친구의 푸념처럼 떡볶이 가맹점이라도 미리 준비해야 했던 건가? 뒤늦은 후회와 냉정한 현실 자각이 동시에 이루어졌다.

'아! 어차피 그럴 돈도 없지'

나처럼 좌천을 당한 또 한 명의 팀장은 사장 면담을 요구하고 야단법석인데, 난 이미 이런 부당 대우에 길들여진 것인지, 두려움 때문인지 어떤 행동도 취하지 못했다. 괜히 사장 면담을 요청했다 좌천이 아니라 퇴사를 명받으면 어쩌나.

사실 몇 년이 지나 돌아보니 그때의 내가 이해되지는 않지만, 제도권 교육을 충실히 받아 조직의 명령에 순응하며 살아야 한다는 가르침 속에 자라온 나로서는 그저 자신을 원망할 수밖에 없었다. 그땐 그게 당연하게 생각됐다.

그래도 회사의 처우에 화는 났다. 한국 사회에서 나이 40이 넘은 가장에게 최소한의 언질도 없이 서면으로 통보를 내리다니! 그래서 나는 아주아주 소심한 반항을 계획했다. 나는 인사팀장에게 다가가 말했다.

"저… 짐은 내일 옮겨야겠어요……."

퇴근 후 아내에게 소식을 전했다. 아내는 많이 당황스러웠을 텐데도 나를 위한 격려의 말을 건네주었다.

"괜찮아. 자기는 어디서든 잘 적응할 수 있는 사람이잖아. 지금 당장은 뾰족한 수가 없으니 상황을 지켜보자."

아내의 위로는 큰 도움이 되었다. 효과가 10분을 넘지 않는다는 것이 문제였지만. 그렇게 불면의 밤이 시작되었다.

나는 해외 영업팀 팀장으로, 팀원 없이 혼자 일하는 팀장이었다. 회사의 업무 특성상 외국과 거래하는 업무의 비중이 크지 않았기 때문이다. 하지만 대외홍보용으로 썩 훌륭한 수단이 되었고, 실적 면에서도 내 연봉을 뽑고도 남았다. 그렇지만 새로운 경영진은 내 부서의 효용성이 그리 높지 않다고 판단한 모양이다.

뉴스를 보니 퇴사나 이직의 주된 이유 중 하나가 회사 내 인간관계에서 오는 스트레스라고 한다. 다행히 그동안 나는 사내에서 업무적으로 타인과 부딪힐 일이 적어 심리적으로 편안한 직장 생활을 하고 있었다. 그럼에도 불구하고 막연히 퇴사를 꿈꾸기는 했지만. 어쨌든, 좌천 이후 나는 비로소 직장 내 인간관계에서 오는 스트레스와 맞닥뜨리게 됐다.

우선 새로운 부서에 발령된 초반, 나를 가장 곤혹스럽게 만드는 것은 익숙하지 않은 문서 작업이었다. 버벅대는 문서 작업 앞에서 팀장일 때에는 들지 않던 생각들이 내 머릿속을 채우기 시작했다. 분명 팀장일 때는 이런 느낌이었다.

'저 선배는 영어를 잘하니 마흔도 안 돼서 팀장 소리 듣고 부럽다.'

'저 후배는 요즘 사회의 경쟁력이라는 영어를 잘하니 걱정이 없구먼.'

그러나 좌천이 되고 나니 이런 느낌이었다.

'저 사람은 저 나이 먹도록 엑셀도 제대로 안 배우고. 난 저렇 게 되지 말아야지.'
'저 인간은 50살도 안 된 놈이 엑셀도 하나 제대로 못 하나. 영 어 외에는 경쟁력이 없어.'

몇 년이 지나서야 사람들은 나에게 큰 관심이 없다는 걸 알았지만, 당시에는 좌천된 현실보다 사람들의 시선이 더 두 려웠다.

그리고 본격적으로 시작된 인간관계 스트레스! 나의 좌 천 및 사내 조직 개편으로 두 부서가 통합되면서, 나와 몇 살 차이 나지 않는 새 팀장은 자신의 입지를 다지기 위해 나 를 몰아붙였다. 43살에 팩스 보내기와 복사하기, 커피 타기 는 결코 적응하기 쉽지 않은 일이었다. 힘겹게 새로운 업무 에 적응해 갈 때쯤, 일이 터지고 말았다.

좌천되기 5개월 전, 친하게 지내던 후배 부부와 괌 여행을 특가로 예약했었다. 이런 일이 일어날 줄은 꿈에도 모르고 말이다. 하지만 이미 예약한 것을 어쩌랴. 괌 여행을 2주 앞두고 휴가를 신청했다. 그러자 팀장이 납득할 수 없는 이야기를 하기 시작했다.

"휴가 일정 중에 월요일이 끼어있네? 이건 안 되겠다야. 알다시피 월요일은 지방 지사들과 화상 회의가 있는 날이잖아. 너 없으면 내가 화상회의를 진행하기도 애매해. 그리고 나도 새 팀 맡고 5개월 동안 휴가 한 번도 안 갔다. 넌 그동안 꼬박꼬박 쉬었으니 이번에는 회의 날짜 피해서 쉬도록 해."

화상회의 진행이란 게 아침 8시 30분에 상무 방에 와서 회의 자료를 세팅하고, 사람 수에 맞게 의자를 옆 사무실에서 가져오는 것이다. 그리고 노트북과 컴퓨터를 연결한 후 화상회의 프로그램을 클릭해서 아이디와 비번을 입력하면 지방의 지사장들이 알아서 들어온다. 이 얼마나 복잡하고 어렵고 중차대한 일인가!!!

"초등학생도 할 수 있는 이런 일 때문에 5개월 전에 티케팅 해라고 말하고 싶었지만, 울분을 삼키며 괌 여행을 취소했다. 이 팀장은 외국 여행은 친척이 있어야 가는 것, 법으로 보장된 휴가를 다 쓰는 일은 쓸데없는 일, 여가 생활은 시간이 남을 경우에만 하는 일이라고 생각하는 사람이었기 때문이다.

2016년에 사망한 세계적인 미래학자 앨빈 토플러가 2008년 내한 당시 이런 취지의 말을 했다고 한다.

> "한국 사람들, 도저히 이해가 안 됩니다. 한국의 학생들은 가까운 미래에 없어질 직업을 위해서, 전혀 필요하지 않은 지식을 습득하기 위해 하루 15시간 이상 공부를 하고 있습니다. 이것은 학생들의 잘못이 아닙니다. 한 치 앞도 보지 못하는 부모를 포함한 어른들의 잘못입니다."

우리는 아이들에게 그저 열심히 공부해서 좋은 회사에 취직하는 것이 최선의 길이라고 강요하고 있지는 않나? 아이가 좋아하는 것이 무엇인지도 모른 채 말이다. 하긴 부모가 되어도 자신이 좋아하는 것이 무엇인지 알기 어려우니 쉬운 일은 아니다.

세상은 우리가 예측할 수 없을 정도로 빨리 변하고 있지만, 사람들은 아직도 100년 전의 세계관을 가지고 있다. 회사는 더 이상 정년을 보장하지 않는다. 사람이 우선이라는 말은 허울 좋은 광고 카피일 뿐이다. 회사는 오직 이익만을 추구하며 개인의 희생을 강요하고 있다. 그런데도 우리 사회는 회사나 공무원이라는 조직의 안정된 틀 안에서 각 개인이 보호받을 수 있다는 환상을 가지고 있다. 청춘들이 창업을 하거나 자신이 좋아하는 일에 뛰어들려면 엄청난 용기가 필요하다.

오늘날의 청춘들은 단군 이래 최고의 스펙이라고 말한다. 학점관리는 기본이요. 2가지 이상의 외국어에, 봉사활동에, 캠퍼스의 낭만이 시궁창에 내동댕이쳐진 지는 오래다. 그런데도 취업이 어렵다. 이건 정말 시스템이 잘못된 것 아닐까? 청춘들이 뭘 더 해야 한단 말인가. 더 슬픈 것은 이런 노력이 결국은 개인들이 가진 차별성을 잃게 만든다는 사실이다.

기업은 복제인간을 원한다. 개인의 생각과 개성을 죽이고 모든 사람이 회사 입사를 위한 스펙만 관리하게 되면, A라는 사람을 해고하기가 쉬워진다. B도, C도, D도, 나도, 당신도. 우리는 오직 회사가 원하는 허울뿐인 인간이 되기 위해 살아왔다.

그럼 이렇게 잘~ 아는 사람이 좌천되고도 왜 사표를 못 내고 있냐고?

정신을 차려보니 나이는 마흔이 넘어 이직도 어렵고, 부양해야 할 가족의 존재와 도전할 용기의 부재 때문이다. 그렇게 나는 현실이라는 벽 앞에서 마음을 다잡고, 사표 대신 로또를 품은 채 하루하루를 버텨야 했다.

바닥 밑에 지하실이 있었다

내 나이 마흔셋, 나는 언제 쓰일지 모르는 창고 귀퉁이의 부속품 신세가 되고 말았다. 절이 싫으면 중이 떠나면 된다는 말이 있다. 회사 회의 시간에도 비슷한 말을 자주 들었다.

"요즘 일하기 싫어? 치고 올라오는 애들 많아. 긴장 좀 타자."

그런데 스님에게 이제 절이란 거기서 거기일 것이고, 그렇다고 교회로 갈 수도 없는 것 아닌가? 그렇다고 성당으로 갈 수도 없고. 결국 절이 싫어도 중은 떠날 곳이 없다.

좋은 회사에 취업하기 위해 열심히 달려왔고, 취업 후에는 더 나은 회사원이 되기 위해 자기계발을 게을리하지 않았다. 그리고 나에게 회사원 외에는 다른 일은 생각할 여유도 이유도 없었다. 물론 한때 나에게도 꿈이 있었다.

"농구는 신장이 아니라 심장으로 하는 것이다."

2m의 거구들이 코트를 휘젓는 NBA(미국 프로 농구)에서 180cm가 조금 넘는 신장으로 득점왕을 차지한 앨런 아이버슨의 말이다. 173cm의 나 또한 농구에 대한 열정은 2m 장신들보다 훨씬 컸었다. 농구대잔치부터 시작해서, 슬램덩크, 마지막 승부까지. 거기에 운 좋게도 내가 다니던 시골 중학교에는 전국 대회에서도 좋은 성적을 내는 농구부가 있었다. 하지만 운 나쁘게도 나는 중학교 2학년 때까지 학업성적이 매우 우수했다(또 말해서 지겹겠지만 진짜다!).

"우리 장남! 엄마가 너만 믿고 사는 거 알지?"
"아빠는 가난해서 공부를 못한 게 천추의 한이다. 너는 꼭 판검사 돼야 한다."
"운동은 공부 못하는 애들이나 하는 거다."

나는 단 한 번도 내 꿈에 대해서 진지하게 생각해 볼 기회를 얻지 못했다. 부모님을 원망하지는 않는다. 세계적인 석학들도 알파고가 이세돌을 이기고, 온라인으로 공연을 감상하고, 한국에서 평생직장이 사라지는 날이 이렇게 빨리 올 거라고 예상하지 못했으니까.

얼마 전, 영화 '마스크'로 유명한 영화배우 짐 캐리의 예전 연설 영상을 보았다. 자신의 아버지는 코미디언이 되고 싶었지만, 부모님의 반대와 사회의 관습에 의해 하기 싫은 회계사 일을 했다고 설명했다. 그리고 그는 이 말을 덧붙였다.

> "그런데 아버지는 하기 싫은 일을 하면서 실패하고 좌절도 하셨어요. 어린 저는 생각했습니다. 하기 싫은 일을 억지로 해도 어차피 실패할 수 있구나. 그럴 바엔 내가 하고 싶은 일을 해봐야겠다."

너무나 멋진 말이다. 하지만 누구나 짐 캐리처럼 확고한 자신의 꿈을 가지기는 어렵고, 주위의 반대를 무릅쓰고 실행하는 일은 더 어렵다. 그래도 내가 진정으로 행복감을 느끼는 일이 무엇인지 고민하고, 도전했어야 했다는 뒤늦은 후회가 밀려오는 것은 사실이다.

좌천되고 나니 다양한 인간상이 내 앞에 파노라마처럼
펼쳐졌다. 어제까지 팀장님이라고 부르며, 영어 해석을 부탁
하던 인간이 인사를 하지도 받지도 않기 시작했다. 틈만 나
면 캔 커피를 들고 와 내게 '팀장님~ 팀장님~' 하며 눈웃음
을 치던 자였다.

눈치가 없거나 공감 능력이 떨어지는 사람도 있었다.

"어쩌면 더 잘됐네. 40대 초반에는 다른 팀장 밑에서 혼도 나
고, 그늘 아래 있어야지. 그게 더 좋아."

이 인간은 2년 후 영업직으로 발령이 났다. 사실상의 권
고 퇴직이었다.

하지만 좋은 사람들이 더 많았다. 책상에 커피를 두고 가
는 사람들도 있었고, 밥이나 먹으러 가자며 어설픈 위로보
다 싱거운 농담으로 나를 달래 주는 사람들도 있었다. 나는
이 사람들 때문에 버틸 수 있었고, 세상이 아직은 살만하다
는 희망을 품을 수 있었다.

"팀장님, 기운 내세요. 내년에 복귀하실 거예요."

"고맙다⋯. 근데 호칭부터 바꿔⋯. 나 이제 팀장 아니야. 흑흑."

물론 시간이 갈수록 대부분의 사람들은 남의 일에 서서히 관심을 끊었고, 나만이 홀로 남아 새로운 업무와 좌천된 현실 앞에 표류하기 시작했다.

"야! 김 차장! 아직도 멀었나? 무슨 자료 하나 만드는 데 20분이나 걸려."

"야! 커피 좀 타 와라. 그리고 11시 50분에 윤 부장이랑 밥 먹기로 했는데, 12시로 바꾼다고 전화 좀 해라."

몇 살 차이도 안 나는 상사의 말도 안 되는 지시에 울화통이 터졌지만, 손은 착실하게 다이얼을 누르고 있었다. 제일 참을 수 없는 건 이런 일들이 다른 사람들 앞에서 벌어졌다는 것이다. 그때마다 얼굴이 홍당무로 변하기 시작했다. 당시에는 이 증상이 더 큰 불행의 전조일 거라고는 생각도 못 했다.

어이없는 괴롭힘이 계속될수록 유머 감각이 넘치고(?) 사람 만나기를 좋아했던 내가 사람들을 피하기 시작했다. 3층 가운데 사무실에 있던 팀장 자리에서 오른쪽 맨 끝 방으로 쫓겨났다. 그런데 화장실은 3층 맨 왼쪽에 있었다. 화장실을 한 번 가려면 사무실을 완전히 가로질러야 하는 것이다. 사람들을 마주치기가 두려워 엘리베이터도 타지 않고, 지하 2층 화장실로 다녔다.

대신, 나쁜 일이 생기면 좋은 일도 따라서 오기 마련이다. (부분) 금연에 성공했다. 담배 피우는 장소에는 회사 사람들이 득실거린다. 그래서 회사에서만은 꼭 금연을 하게 되었다. 반대로, 퇴근 후 집 근처에서 줄담배를 피웠다. 모든 욕구를 퇴근 후에 터트린 셈이다. 아내는 담배 냄새에 찌든 내 옷과 일그러진 내 얼굴을 항상 말없이 받아 주었다.

이땐 세상 모든 사람이 나를 비웃는 것 같았다. 너무나 어리석은 생각이었지만, 아내도 그중 한 사람인 것 같았다. 아내가 내 기분을 풀기 위해 농담을 던지면 나는 불같이 화를 냈다.

"지금 농담할 기분이야? 내가 오늘 하루를 어떻게 버티고 왔는지 알아?"

다음 날 아내가 내 눈치를 보면 그 또한 거슬렸다.

"아! 진짜 답답하다. 무슨 초상났어?"

어머니의 전화에도 나는 날을 잔뜩 세운 고슴도치처럼
굴었다.

"남들도 다 그래 산다. 회사가 최고다. 힘들어도 참고 잘 다녀
야 한다."
"엄마가 뭘 안다고 그래요? 내가 얼마나 힘들게 회사에 다니
는데, 엄마는 회사 한 번 안 다녀보고!"

정말 한심했던 시절이다. 화를 낼 거면 회사 사람한테 냈
어야지. 나도 머리로는 아는데 막상 말이나 행동은 그러지
못했다. 회사 사람들을 피하고자 2층 화장실을 찾아가듯, 나
의 자존감은 점점 아래로만 내려갔다. 다음 날이 되면 아내
와 엄마에게 그러지 말아야지 하고 마음을 다잡았지만, 쉽
지 않은 일이었다.

시간이 지날수록 내 마음이 몸보다 더 병들어 가고 있다
는 걸 그때는 몰랐다. 주말이면 영화, 등산 등 각종 문화행사

를 찾아다니던 나는 어느 순간 무기력한 사람으로 변해 있었다. 극심한 스트레스로 인해 찾아온 불면증 때문인지, 토요일은 늦잠을 자고도 소파에 늘어져 남은 시간을 보냈다.

"여보, 우리 어디 멀리 가지 말고 근처 마트에 가서 브런치 먹자. 피자 먹으면 브런치지, 뭐. 가격도 싸고 맛도 좋고! 그리고 호수 공원 산책도 다녀오고……."

내 눈치를 살피는 와중에도 나를 걱정하는 아내에게 미안한 마음이 든 나는 무거운 몸을 일으켰다. 시계를 보니 아직 일요일 오전 11시 전. 하루가 한참 남았는데도, 다음 날 출근 생각을 하니 편두통이 몰려왔다. 애써 밝은 표정을 지으며 집을 나섰다. 눈부신 봄 햇살도 남의 일 같았다.

그런데 몸이 이상했다. 마트 도착 5분 전부터 갑자기 심장이 미친 듯이 뛰기 시작했다. 무슨 설레는 일이 있는 것도 아니고, 중요한 자리에 가는 것도 아닌데… '갑자기 이게 뭐지?' 하는 의아한 생각이 들었다. 그리고 매장 회전문을 여는 찰나에 일이 터지고 말았다.

내 허리에도 오지 않는 키를 가진 아이가 뛰어나오다 나를 스쳤다. 콰당. 넘어진 쪽은 아이가 아니고 나였다. 다리에

힘이 풀리며 나는 그대로 매장 한가운데 주저앉았고, 심장이 이렇게 빨리 뛰면 죽을지도 모른다는 생각이 들었다. 그러자 호흡곤란이 찾아왔다. 어떤 강한 힘이 내 목을 옥죄고 있는 느낌이었다. 숨을 쉴 수가 없었다. 그리고 갑자기 눈물이 쏟아지기 시작했다. 멈출 수가 없었다.

한참을 울었다. 한때는 청춘이었고, 작년까지 팀장이었으나 이제는 그저 좌천된 43살의 아저씨가 덩그러니 세상에 던져져 있었다. 매장 창문을 통해 함께 울고 있는 아내가 보였다.

그렇게 연예인들만 걸리는 줄 알았던 '공황장애'가 나를 찾아왔다.

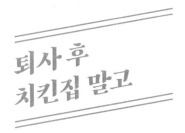

퇴사 후
치킨집 말고

월요일 오전 11시, 아내에게서 전화가 걸려왔다.

"여보, 내가 김밥을 좀 말아봤어. 우리 날씨 좋으니까 야외에서 점심 같이 먹자. 식후 커피는 자기가 쏴! 내가 시간 맞춰서 회사 앞으로 갈게."

회사 앞 지하철역으로 나가니 횡단보도 건너편에 서 있는 아내가 보였다. 그런데 평소 활발한 모습과 달리 어깨가 축 처져 있었다. 신호가 바뀌자마자 그녀에게 달려갔다. 아내는 예상대로 울고 있었다.

"무슨 일이야?"

아내는 회사 앞으로 오는 도중 직장 내 괴롭힘을 당한 검사의 자살 기사를 읽었다고 한다.

"여보, 힘들면 당장 내일이라도 그만둬. 검사도 힘들어서 극단적인 선택을 하는데 이딴 회사가 뭐라고……."

아내의 말에 마음이 시큰해졌다.

'그래, 여보 고마워. 사람이 먼저 살아야지. 그런데 방법이 없다, 방법이. 죽을 것처럼 힘든데, 월급 끊어지면 진짜로 죽을수도 있으니. 말만이라도 고마워.'

그때 나의 눈에 아내의 도시락 가방이 눈에 들어왔다. 아! 어쩌면 방법이 있을지도 모르겠어!

나의 최애 TV프로그램은 '한국인의 밥상'과 '생활의 달인' 이다. 이 둘은 꼭 본방 사수를 하고, 만약 못 본 경우에는 반드시 다시 보기로 시청한다. 두 프로그램을 보고 있노라면

힐링도 되고, '언젠가 가게를 차리는데 도움이 되지 않을까' 하는 기분 좋은 상상도 할 수 있었다. 그런데 이제는 이 막연한 상상을 실천으로 옮길 때였다. 가슴 저편에서 왠지 모를 자신감이 피어났다.

'그래! 나도 식당을 해보자. 작지만 좋은 재료로 정성스러운 음식을 손님에게 대접하고, 손님들과 친구처럼 소통할 수 있는 공간을 만들어보자.'

나는 그날 저녁부터 더 가열차게 두 프로그램을 돌려보며 메뉴 선정 작업에 들어갔다. 그 좋아하는 NBA도 눈에 들어오지 않았고, 저녁만 먹으면 컴퓨터 앞에 앉아 다시 보기를 했다. 아내는 나의 활기찬 모습에 안도하면서도, 걱정스러운 시선을 보냈다. 약 3주간, 형사들이 범인을 잡기 위해 밤새워 CCTV를 보듯이 두 프로그램을 보며 메모했다. 그리고 2가지 메뉴를 최종적으로 선정했다.

첫 번째 메뉴는 경북 김천을 평정하고 있다는 '손가락 김밥'이었다. 핵심 포인트는 2가지. 하나는, '당도가 높은 포도와 양파를 간장에 조린다'고, 다른 하나는 '오이 속은 파내고, 하루 동안 냉장 보관하여 아삭한 식감을 만든다'였다.

이 중 제일 중요한 것은 바로 간장!

퇴근 후는 물론이고 주말마다 간장을 졸이고 또 졸였다. 설탕과 올리고당으로 낸 인위적인 단맛이 아닌, 자연이 선물한 포도와 양파로만 단맛을 내는 특제 간장을 만들기 위해서! 하지만 나는 몰랐다. 내가 간장을 졸이고 태우는 사이 아내의 속도 타들어가고 있었다는 사실을.

"여보, 생활의 달인에 나올 정도로 맛을 내는 특제 간장이 쉽게 만들어지겠어? 집안이 온통 간장 냄새고, 벽지는 까맣게 변하고 있다고!"

나는 결단도 빠르고 포기도 빨랐다.

두 번째 메뉴에 도전하기로 했다. 이번에는 '한국인의 밥상'에서 발견한 비장의 카드였다. 묵은지로 싼 돼지고기였는데, 평소 자연주의적인 음식을 추구하는 나의 신념과도 맞아떨어지는 음식이었다. 만드는 방법은 간단하면서도 정성이 가득했다. 먼저 작은 옹기에 잎 마늘을 깐다. 고기 구워 먹을 때 흔히 먹는 알 마늘이 아닌 잎 마늘이다. 그리고 삼겹살이건 목살이건 돼지고기를 성인 남자의 엄지손가락 크기로 자른 후, 묵은지로 감싸준다. 묵은지 옷을 입은 돼지고기를 잎 마늘 위에 올린 후, 옹기를 물이 담긴 큰 냄비에 넣고 중탕으로 끓이면 끝.

설레는 마음으로 주말에 만들어 먹어봤는데, 아내가 엄지를 척 내밀었다. 그러고는 이내 손가락을 꺾어 내렸다.

"여보, 자기가 요리에 관심 갖는 것도 좋고, 주말마다 해주는 음식도 맛있어. 그런데 자취 요리의 연장선일 뿐이야."
"나 진짜 자신 있어! 자신 있다고! 왜 시작도 하기 전에 초를 치는 거야!"

그렇게 주말의 평화는 또다시 날아갔다. 스스로도 식당은 무리라 생각했지만, 인정하고 싶지 않았던 것 같다. 회사 업무 외에 돈을 벌 방법이 지금으로써는 전무하다는 사실을 말이다. 어쩌면 내가 세상에서 쓸모없는 사람이 되었다는 생각에 두려웠던 건지도 모른다.

다시 초기 자본이 들지 않는 새로운 직업을 찾아 나서기로 했다. 전화기 주소록을 하루에도 열두 번씩 오르락내리락했다. 그리고 내가 아는 동년배 중에 현금이 제일 많은 것으로 추정되는 양 사장을 찾아갔다.

"형님 오셨어요? 앉으세요. 난 우리 형님이 그렇게 힘든 줄 몰랐지. 일단 앉아 보세요. 결정은 형님이 하시는 거니까."

"어…. 근데 내가 잘 할 수 있을까?"

"에이, 난 사실 진작부터 형님한테 이 중고차 딜러 일 추천하고 싶었다니까. 저기 보이시죠? 요즘 외국인들도 중고차 사러 엄청 와요. 형님은 이게 되잖아요, 블라블라! 저기 키 멀대 같은 애 있죠? 무슨 뉴욕에서 핸드폰 팔다가 왔대요. 제가 보기에는 영어 못하는 것 같은데, 아무튼 저 친구가 외국인 손님은 다 쓸어가요."

건설적인(?) 대화가 오가고 집으로 돌아오는 길, 나는 자신감이 더 떨어진 상태였다.

'맨날 책상에 앉아 있다가 사람들 대하는 일을 잘 해낼 수 있을까? 활발한 성격이랑 영업 잘하는 거랑은 완전히 다르다던데……. 그리고 이것도 기본 자금이 있어야 하는구나. 여기도 돈, 저기도 돈이 필요하다니.'

돌아보면 이때 나는 '회사만 당장 그만둘 수 있다면!'이라는 생각으로 가득 차 있었다. 그러나 막상 회사를 관두자니 두려움이 컸다. 불행에 포위당했다는 생각이 날마다 쌓여갔다. 덕분에 마음의 병이 깊어져만 가고, 급기야 출근길 지하철에서 호흡곤란으로 뛰쳐 내리는 일까지 발생하게 됐다.

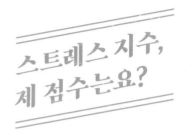

스트레스 지수, 제 점수는요?

나는 X세대다. 베이비부머 이후 1960년대와 1970년대 사이
에 태어난 나는 '세계는 넓고 할 일은 많다'라는 명언으로 유
명한 기업인을 롤 모델로 삼고 자랐으며, 마지막 학력고사를
치르고 무역학과에 입학했다. 그래도 개천에서 용이 드물게
나마 나던 시절이었다.

X세대들은 멋진 회사원을 꿈꾸며 청춘을 불살랐다. 아무
리 야근을 많이 해도 카페인 음료를 한 병 마시고 셔츠 소매
를 걷어 올리면 다시 열정이 치솟는, 그런 신화 속의 회사원
말이다. 자신들이 본인의 운명도 모른 채 불구덩이를 향해
달려드는 불나방인 줄도 모르고.

나 역시 그랬다. 청춘을 하얗게 불태웠다. 그리고 자연스럽게 한 집안의 가장이 됐다. 언제 이렇게 시간이 지났는지, 청춘은 재만 되어 남았다. 이제는 운동을 하면 운동을 한 곳이 아프고, 운동을 안 하면 운동을 안 해서 아픈 '저질 체력'의 중년이 됐다.

나의 새내기 직장인 시절을 돌아보았다. 새벽 5시에 일어나 아침에 우유 한 잔 못 마시고 새벽 6시 영어 수업을 듣는 도시인으로 살았다. 저녁은 월세를 내기 위해 500원짜리 햄버거 네 개로 때웠다. 그렇게 정크푸드로 내 위장을 해친 후에는 다시 영어 숙제를 하며 오직 더 좋은 회사원이 되기 위해서만 살아왔다. 내일도 오늘과 똑같은 하루가 이어지겠지만, '이렇게 열심히 살면 언젠가는 나도 샐러리맨 출신 재벌이 될 수 있겠지'라고 스스로를 위로했다. 차라리 동굴에서 쑥과 마늘을 먹으며 인간이 되기를 갈망했더라면 역류성 식도염을 달고 살진 않았을 텐데.

그런데 어느 날, 이렇게 살아온 나를 회사는 더 이상 필요로 하지 않는다고 했다. 대안도, 대책도 없는 속수무책의 나날이 이어졌다.

뭐가 그렇게 무서웠는지. 사실 나는 마트에 이어 출근길

지하철역에서도, 극장에서도 호흡곤란 증세가 찾아오고 나서야 병원을 찾았다. 그리고 공황장애 판정을 받았다. 한 달에 60만 원 이상을 들여 각종 약을 4개월 이상 복용했다. 차도가 있었으나 약값을 계속 감당하기는 부담스러웠다. 이게 근본적인 해결책도 아니고. 다른 대책이 시급했다.

공황장애도 마음의 문제. 이전부터 관심 있던 명상을 해 보기로 했다. 우선 관련 서적을 읽어봤다. 혼자서는 하기 힘들다는 결론에 다다랐다. 인터넷을 검색해 보니 한적한 지방에 용하다는 곳들이 있었으나, 회사에 다니는 이상 왔다 갔다 하기는 불가능한 일이었다. 고민 끝에 유명 팟캐스트 진행자가 운영하는 명상 수련원에 등록했다. 두 달 코스였고, 수강료가 만만치 않았다. 그래도 한 달 치 약값보다는 적은 금액이었다. 웬만하면 이번 기회에 반드시 건강한 정신과 몸을 회복하고 싶었다.

"귀한 시간 내신 것도 모자라 비싼 수강료까지 내고 오셨는데 잠드시면 안 됩니다."

명상 첫 시간, 도인님은 명상 도중 잠들지 말라고 신신당부했다. 수강료를 걱정해 주는 모습에 믿음이 갔다. 도인은 저러다 쓰러지는 것이 아닐까 걱정이 될 정도로 최선을 다해서 수업에 임했다. 그리고 현대인들의 스트레스 지수를 확인할 수 있는 설문지를 나누어 주었다.

"일반적으로 스트레스를 받고 사는 현대인들은 20점대 후반에서 30점대 초반이 나오는 것이 정상입니다. 40점이 넘어가시는 분들은 스트레스 위험 수치입니다. 또한 20점 이하이신 분들은 열반의 경지에 오르신 분들이니 명상이 필요 없습니다. 여기서 당장 나가시면 됩니다."

도인의 농담에도 수강생들은 웃지 못하고 자기의 점수를 확인하는 데 여념이 없었다. 그날 나는 예상보다 낮은(?) 점수, 32점을 받아 들고 집으로 향했다.

참고로 나와 아내는 정반대의 성격을 가지고 있다. 나는 여행을 갈 때도 30분 단위로 일정을 계획하고, 어차피 해야 할 일이라면 당장 해야 직성이 풀리는 성격이다. 그리고 1분 1초를 다투며 살아야만 험난한 세상에서 도태되지 않는다고 믿어왔다. 반면 아내는 곧잘 혼자만의 생각에 빠지기도 하고, 항상 여유로웠다. 그녀는 절대 일을 급하게 처리하는 법이 없다. 이런 아내를 나는 때때로 답답하다고 느끼기도

했었다. 집에 도착한 나는 호기심이 발동해 아내에게 설문지를 내밀었다.

"오늘은 늦었으니 내일 할래."

다음 날 점심시간이 지나서 아내에게 전화가 왔다.

"자기는 몇 점이 나온 거야? 나는 18점 나왔는데?"

아! 나는 열반의 경지에 다다른 아내와 살고 있었던 것이다.

'결국 나는 아내처럼 되기 위해 명상을 하고 있군.'

명상 수업을 들을수록 이런 생각을 떨칠 수 없었다. 아내처럼 여유롭게, 조급하지 않게 살자. 조금 멀리 돌아왔지만, 이제부터라도 나의 몸과 마음에 휴식을 줘야 할 때가 온 것이다. 사실 나는 나의 속도가 아닌 세상의 속도에 맞추며 살아오다 마음의 건강을 잃은 것이 아닐까?

처음에는 명상을 할 때마다 다른 생각이 떠올랐다. 하지만 도인님이 시키는 대로 하다 보니 차츰차츰 명상에 빠져들 수 있었다. 나중에는 수업 시간 외에도 명상에 관한 자료를 찾아봤고, 아무것도 없이 혼자 하는 것보다 유도 명상이라는 것이 나에게 적합하다는 사실도 알게 됐다. 목소리 좋은 안내자가 차근차근 설명해 주니 집중이 쉽게 됐다. 나는 도인님이 내준 숙제에 따라 아침에는 호흡 명상을, 잠들기 전에는 이완 명상을 꾸준히 해나갔다. 다른 생각이 떠오를 때는 TV 리모컨을 돌리듯이 생각을 전환하라는 말과 수강료를 떠올렸다.

명상 4주 차가 지나면서 호흡곤란과 안면 홍조 현상이 사라졌다. 물론 스트레스를 좀만 받으면 다시 증상이 시작되는 기미가 보였다. 회사 생활을 하다 보면 스트레스받는 상황을 피할 수가 없지만, 그렇다고 회사를 그만둘 수는 없지 않은가. 회사에서 지나치게 스트레스를 받을 때는 5분이라도 짬을 내 휴게실에서 호흡명상을 했다. 얼마 후 몰라보게 호전된 증상을 보고 아내가 안타까워했다.

"처음부터 명상을 했으면 좋았을걸."

인생은 속도가 아니라 방향이다. 조금 느리더라도 옳은 방향으로 가고 있다면, 속도는 문제가 아니다. 나는 그동안 속도에만 포커스를 맞추다 이 꼴이 났다. 이제는 조금 느리게 나아가려고 한다. 물론 세상은 나의 의지와 상관없이 빠르게 돌아가겠지만, 그게 무슨 상관인가?

내 가장 가까이에 있는 스승, 아내. 그녀와 같은 스트레스 지수 18점을 향해 나는 오늘도 명상을 한다.

"스승님, 한 수 가르쳐 주시지요."

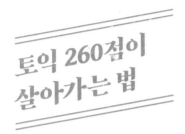

토익 260점이 살아가는 법

93학번 새내기 시절, 술자리에서 예비역 형으로부터 당시로는 몹시도 기묘한 이야기를 들었다. 91학번 A가 학력고사를 치르자마자 9급 공무원 시험을 준비했다는 것이다. 그는 캠퍼스의 낭만을 포기한 대신, 20살의 나이에 공무원 합격증을 받고 홀연히 입대하였다.

"뭐 나쁜 선택은 아닌데 너무 빨리 자신의 미래를 결정해버린 아쉬움이 있지. 공무원 시험은 천천히 준비해도 되잖아!"

불과 몇 년 후 닷컴이라는 이름만 붙어도 주가가 폭등하고, 공무원 시험 열풍이 불 거라고 예상한 사람은 드물었다. 나는 선견지명이 있던 A와 달리 2년간 청춘을 맘껏 소비하고 입영통지서를 받았다. 어린 나이였지만 내 인생에서 지난 2년처럼 마음이 편했던 시간은 다시 오지 않을 거라고 확신했다. 그리고 그 2년 덕분에 군 생활은 2배로 힘들었다.

26개월 후, 나는 세상을 향해 낮은 포복으로 기어 나왔다. 나를 반긴 건 부모님과 IMF뿐이었다. 세상은 완전히 달라져 있었다. 가계가 무너지고, 나라가 흔들렸다. 캠퍼스에도 전운이 감돌았으며, 그렇게 '토익 대전'이 시작되었다.

나는 토익 만점이 몇 점인지도 모른 채 조교의 안내에 따라 대강의실로 향했다. 인천에서 아버지가 라이터 공장을 크게 한다는 종호는 지난 학기에 밴쿠버로 6개월 동안 어학연수를 다녀왔고, 토익점수가 이미 700점이 넘는다고 고백했다. 토익책을 옆구리에 낀 동기들이 탄성을 질렀고, 나는 모를 땐 침묵이 금이라는 아버지의 말씀을 떠올리며 먼 산을 바라보았다. 시험이 시작되었으나 모의시험인 탓인지 오디오에서 잡음이 끊이질 않았다. 물론 더 좋은 스피커 아래서도 내 점수는 크게 나아지지 않았겠지만.

얼마 후, 과 사무실에서 토익 성적표를 받아보았다. 한 학기 먼저 복학한 동기들은 400~500점대 사이에서 나름의 치열한 신경전을 펼치고 있었다. 그때 종호가 내 성적표를 낚아채 갔다.

"뭐냐? 넌 왜 토익 점수가 신발 사이즈랑 자웅을 겨루고 있냐?"

나는 260mm 에어 조던을 신고 있었다.

다행히 이날 이후 대학 2년을 영어 공부에 올인 했더니 토익 점수 600점을 넘을 수 있었다. 이때는 이 정도면 나쁘지 않은 성적이었다. 영어에 흥미가 생기기 시작했고, 근거를 알 수 없는 자신감이 솟아나는 부수적인 효과도 있었다. 수학만 아니면 공부도 할 만하다는 생각이 들었다.

졸업과 동시에 직원이 5명인 방배동에 있는 회사에 입사했다. 앞서 이야기한 것처럼 새벽 5시에 일어나 영어학원으로 달려가고 퇴근길에는 패스트푸드를 골고루 먹으며하루를 마감했다. 이런 식으로 먹고 운동을 전혀 하지 않아도 몸에 무리가 없었다. 암울했던 나의 20대 후반에 유일한 선물이었다. 하지만 더 괜찮게 살고 싶었다. 그래서 '캐나다 어학연수'를 결심했다. 태어나서 처음으로 생긴 그 럴싸한 목표였다.

목표 달성을 위해 150만 원이 채 되지 않는 월급의 80% 를 저축하며, 수도승처럼 지냈다. 그리고 1년 후 나는 캘거 리행 비행기에 오를 수 있었다. 인생 첫 비행이었다. 제주도 를 비행기로 다녀온 적이 있는 친구가 비행 에티켓을 알려 주었다.

"알지? 10시간 넘는 비행을 할 때는 신발 벗고 타는 거?"

다행히 신발은 잘 신고 탔다. 게이트 앞에서 신발이 쉽게 벗겨지는지 확인만 했을 뿐.

16시간 만에 밴쿠버를 거쳐 캘거리에 도착했다. 공항에는 내가 1년간 묵을 홈스테이 집주인이 마중 나오기로 되어있 었다. 주인 부부의 나이는 어떻게 될까? 친절한 사람들일까? 기대보다는 걱정이 앞섰다. 진땀을 흘리며 입국 심사를 마치 고 공항을 빠져나온 순간 반가운 한국말이 나를 붙잡았다.

"형님! 김재완 형님 아입니까? 여입니다."

16시간을 날아서 부산에 도착한 것이 아닌가 하는 착각이 들 정도의 구수한 부산 사투리였다. 녀석은 홈스테이 집에서 이미 살고 있던 부산 출신의 대학생이었다. 덕분에 편하게 홈스테이를 할 곳에 도착할 수 있었다. 홈스테이 주인은 필리핀에서 이민 온 캐나디안이었다. 집주인을 만나자 외국에 왔다는 것이 비로소 실감났다. 그렇게 나의 어학연수 생활이 시작되었다.

하원 가는 길에 로키산맥 줄기가 보이는 6월의 캘거리는 백야 현상으로 인해 저녁 9시가 되어도 해가 지지 않았고, 그래서인지 시차 적응에 2주 넘는 시간이 걸렸다. 하지만 시차 적응보다 더 오래 걸린 건 돈을 쓰는 일이었다. 내가 모은 돈으로 어학연수를 오니 900원짜리 커피 한 잔 마시는 것도 망설여졌다. 그래서 한국 사람뿐만 아니라 사람 자체를 만나는 걸 자제했다. 100일을 동굴 속의 곰처럼 살며 지냈다.

그때 나의 영어는 말하기, 문법, 발음, 모든 것이 총체적 난국이었지만, 그중 최악은 듣기였다. 공부하며 만난 이민 3년 차 형의 조언을 듣고, 비디오 가게에서 '제리 맥과이어'와 '내 남자 친구의 결혼식'을 샀다. 그날부터 매일 밤 (자막

이 없는) 두 영화를 번갈아 보며 잠들었다. 아무리 피곤해도 비디오는 켜 놓고 잠이 들었다. 폭포 아래에서 득음을 위해 피를 토하는 명창처럼 귀에서 피가 나올 지경이었다. 지금도 톰 크루즈나 줄리아 로버츠의 목소리는 신도림역 퇴근길 인 파 속에서도 구분할 수 있다. 두 달이 지나자 비디오만 봐도 구토가 일어나는 경험을 했다.

그렇게 100일이 지난 후, 학원을 가기 전에 부모님께 오랜 만에 전화를 드렸다. 엄마와 아버지가 통화 요금 많이 나오 니 빨리 끊으라고 번갈아 소리를 지르며 나의 안부를 물었 다. 그 와중에 거실 TV에서 나오는 드라마 프렌즈 속 대사가 선명하게 들렸다. 부모님의 한국말 아우성과 프렌즈의 영어 대사가 모차르트의 교향곡처럼 절묘한 하모니를 이루고 있 었다. 구름 위를 걷는다면 이런 기분이지 않을까?

귀가 뚫린 나는 다음 날부터 100일 동안 100명의 외국 인을 만나는 프로젝트에 돌입했다. 캘거리에는 뉴욕의 센트 럴 파크처럼 도심 한가운데 큰 공원이 있다. 주로 공원에 혼 자 있는 분들께 정중하게 말을 걸었다. 햇살은 따스했고 그 온도만큼 사람들도 친절했다. 영어 공부를 위해 용기를 낸 나의 넉살과 용기에 경악하여(?) 집으로 초대해 준 할머니 도 있었고, 자신의 영어 공부 비결을 1시간 동안 말해준 러시아 사업가도 있었다. 내가 그분의 밴쿠버행 비행기 시간을 상기시켜 줘야 할 정도의 투 머치 토커였다.

6개월이 지나자 향수병이 찾아왔고, 10개월이 지나자 거의 매일 밤 짜장면과 떡볶이를 먹는 꿈을 꾸었다. 그렇지만 먹고 싶은 것을 먹지 못하는데도 뼈와 살이 단단해지는 느낌이 들었다.

나는 2002년 월드컵을 앞두고 귀국했다. 한국 대표팀은 승승장구했고, 나의 토익 섬수도 신발 사이즈보다 3배 이상 자랐다. 그리고 오늘날까지 영어를 써먹으며 회사에 다니고 있다.

그때나 지금이나 사람 일은 알 수가 없다. 아무리 봐도 토익 260점이었던 20대가 영어로 30대에 팀장이 될 줄 몰랐고, 40대에 좌천이 되었던 그 팀장이 작가가 될 줄은 더더욱 몰랐다.

인생이 이렇다. 포기만 안 하면 된다. 왜 야구가 인생의 축소판이라는 말도 있지 않은가. 인생도 야구도 끝날 때까지 끝난 게 아니다. 이건 이 책을 읽는 독자뿐만 아니라 나 자신에게도 하는 주문이기도 하다. 지지 마라.

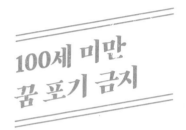

100세 미만
꿈 포기 금지

나의 첫 글쓰기는 느닷없는 아내의 권유로 시작됐다. 몰래 야금야금 재미있자고 쓴 글이 '딴지일보'와 '오마이뉴스' 연재로 이어졌을 땐 정말 신기하고 신났다. 급기야 두 권의 책까지 출간하고! 내가 좋아하는 일로 적은 금액이지만 돈도 벌고, 그보다 더 좋은 건 잊고 살았던 꿈을 찾았다는 것이다. 그리고 세상에 존재하지 않는 줄 알았던 자아라는 것도 찾게 되었다.

처음 책이 출간되고 얼마 후, 한 도서관에서 강연을 한 적이 있다. 경주마처럼 앞만 보고 달려오다 쓰려졌지만, 이 일을 계기로 꿈을 가지게 된 나의 경험담을 사람들에게 들려주었다. 감사하게도 반응은 나쁘지 않았다. 그중 강연 말미에 소개했던 일본에 100세 시인 할머니 이야기를 오늘은 지면을 빌어 이 책을 읽는 분들에게도 소개할까 한다.

시바타 도요 할머니는 어려운 가정 환경과 이혼, 사별 등으로 굴곡진 인생을 버텨 냈다. 80세가 넘어 홀로 지내던 어느 날, 아들의 권유로 시를 쓰기 시작했고, 자신의 장례비를 위해 모아 둔 돈으로 시집을 출간했다. 기적의 시작은 무모해 보이기 마련이다. 할머니의 시집은 100만 부가 넘게 팔리는 공전의 히트를 기록했다. 할머니는 80세에 꿈을 꾸고, 100세에 큰 성공을 거둔 것이다.

어느 날 골프에 푹 빠진 직장동료와 퇴근 후 저녁 식사를 했을 때다.

"아들이 벌써 5학년이죠? 아빠 닮아서 운동 잘하겠어요? 꿈이 뭐래요?"

"꿈? 글쎄…. 우리 아들 꿈이 뭘까? 내일모레면 50세가 되어가는 나도 꿈이 없는데…."

그에게도 100세 시인 할머니 이야기를 들려주었다. 그리고 골프 칠 때가 인생에서 가장 행복하다니 골프에 관련된 꿈을 꾸어 보라고 권유했다.

"에이, 타이거 우즈가 될 것도 아닌데 이 나이에 무슨!"

우리의 꿈은 항상 성공과 부에 초점이 맞추어져 있다. 누가 정한 것인가? 꿈은 이 세상에 단 하나뿐인 자기 자신의 행복을 위한 것이었으면 한다. 생업에 종사하면서 자신의 삶을 풍족하고 행복하게 해줄 수 있는 또 다른 일이 꿈이어도 된다. 인생 전체를 담보로 걸어 반드시 이루어야 하는 게 꼭 꿈일 필요는 없지 않은가.

예전에 템플스테이에서 만난 주지 스님도 비슷한 말씀을 하셨다. 스님이 각자의 꿈이 무엇인지 물었을 때 중학생 자녀를 둔 한 어머니는 자식의 성공과 가족의 건강이라고 대답했다. 그러자 스님이 말씀하셨다.

"어머니! 그건 어머니의 꿈이 아니잖아요? 자식들이 다 자란 후에 커다란 공허함을 느낄 겁니다. 자신을 돌아보고 자신의 꿈을 가지세요."

참 이상하다. 누가 알려준 것도 아닌데, 아니면 법적으로 꿈에 연령 제한이 있는 것도 아닌데 우리는 나이가 들면 자연스럽게 꿈을 가질 시도조차 하지 않는다. 슬픈 일이다. 꿈을 갖기에 늦은 나이가 도대체 어디 있을까? 알고 보면 세상의 수많은 벽은 모두 우리 스스로가 치고 있는 것 같다. 당신 앞에 벽을 걷어내라. 그리고 당신을 똑바로 봐라. 당신이 좋아하는 일은 무엇인가, 아무 대가 없이 할 수 있는 일은 과연 무엇인가.

오랜 기간 꿈 없이 잘 살아와 놓고, 이제 와 이런 말을 하는 내가 우습겠다는 생각도 든다. 하지만 찾고 보니 그렇다. 꿈을 가지는 것만큼 중요한 일은 없는 것 같다. 아주 작은 것이라도 꿈을 가지는 일은 한 번뿐인 내 인생의 행복에 대한 중요한 문제다. 꿈은 나를 행복하게 만들고, 이미 행복하다면 그 행복을 더 풍요롭게 만들어줄 수 있다.

하지만 아무런 노력 없이는 꿈을 찾을 수 없다. 자신이 정말 좋아하는 것이 무엇인지, 어떤 일을 할 때 행복한지는 스스로 노력해서 찾아야만 한다. 이건 본인만이 아는 것이다. 어린 시절부터 확고한 신념으로 자신의 꿈을 향해 달려가는 사람은 극소수다. 나머지 사람들은 꿈을 찾기 위해 긴 시간

동안 부지런히 노력해야만 한다. 그렇지만 분명한 건, 꿈은 그렇게 해서라도 찾을만한 가치가 있는 놈이다.

당장은 뜬구름 잡는 소리 같기도 하고, 막막하기도 할 것이다. 당최 꿈이란 놈을 정말 찾을 수는 있는 건지, 어떻게 찾아야 하는 것인지, 하루하루 살아남기 힘들어 죽겠는데 무슨 꿈같은 소리인지.

맞는 말이다. 이건 직접 경험해 봐야 안다. 별이 다섯 개인데, 딱히 설명할 방법이 없다. 일단 다양한 종류의 책도 읽어보고, 여러 방법으로 세상과 부딪혀 보면서 나를 들여다보고 뭔가를 새롭게 시도해봐라. 무슨 일이 됐든, 아직 100세가 넘지 않았다면 늦지 않았다. 시바타 도요 할머니도 끝까지 꿈을 꾸셨다. 지금부터 뭐라도 시작해보자.

아! 다시 말하지만, 꼭 사회적 성공과 부를 염두에 둘 필요는 없다. 자신의 행복을 위한 꿈만은 남과 비교도 말고, 돈에 종속되지도 말자. 우리 그러기로 하자.

마지막으로 100세 시인 할머니의 시 한 편을 읽으며, 모두가 이런 꿈을 가지기를 바라본다.

있잖아, 불행하다고

한숨짓지 마

햇살과 산들바람은

한쪽 편만 들지 않아

꿈은

평등하게 꿀 수 있는 거야

나도 괴로운 일

많았지만

살아 있어 좋았어

너도 약해지지 마

시바타 도요 〈약해지지 마〉

이젠 그들을
놓아주기로
했다

몇 년 동안 여행은 물론이고 제대로 된 휴일도 보내지 못하던 후배가 휴양지로 여행을 떠났다. 그런데 3일이 지나도록 후배의 SNS에는 이국적인 휴가 사진이 올라오지 않았다. 문득 궁금해진 나는 후배에게 메신저로 안부를 물었다.

"뭐 하느라 그 흔한 음식이나 바다 사진 하나 안 올리니?"
"형! 첫날 호핑투어를 다녀온 이후로 한쪽 귀가 안 들려서, 지금 현지 병원이야. 좀 살만해지니 뭐만 하면 아파! 억울해!"

후배는 행복한 휴가 사진 대신, 휴양지의 병원 응급실에 누워 있는 사진을 보내왔다. 우리는 격렬하게 노력하지 않아도 50대라는 고지가 멀지 않은 나이가 되었다. 인생에는 아무리 발버둥을 쳐도 여전히 멀게만 느껴지는 고지가 참으로 많은데, 세월은 어찌 구렁이 담 넘듯이 이리도 빨리 넘어왔는지.

며칠 후, 나도 후배에게 응급실에 누워 있는 사진을 보내게 되었다. 코피가 멈추지 않아 크리스마스 이브날 새벽, 급하게 응급실에 가 찍은 사진이었다. 코피는 며칠간 4~5시간 간격으로 흘렀다. 잠도 제대로 잘 수 없었다. 집 근처와 회사 근처 이비인후과를 코를 부여잡은 채로 누비고 다녔다. 차도가 없었다. 결국 종합병원을 찾았으나, 그곳에서도 정확한 원인은 알 수 없다고 했다. 스트레스, 건조한 날씨, 무너진 면역체계 등, 위로도 되지 않는 말들이 귓전을 맴돌았다. 다급한 마음에 한의원을 찾았다.

"평소 얼굴에 열이 자주 오르시는 이유는 화가 다스려지지 않기 때문입니다. 직장이나 사회생활을 하면서 받는 스트레스로 인해 얼굴에 열이 오르니 안구건조증, 비염에 급기야 코피까지 멈추지 않는 겁니다. 원인을 치료해야지, 증상을 치료한다고 해결이 될까요?"

몸이 문제가 아니라 마음이 문제란 말인가? 한의원을 다니고 며칠 지나지 않아, 멈출 때가 되어 멈춘 것인지, 한약 덕분인지는 모르지만 코피가 내 일상에서 사라졌다.

그렇게 코피가 가고 새해가 왔다. 반강제적으로 차분하게 맞은 새해 첫날 도올의 책 한 권을 펼쳤다. 뜻이 있는 곳에 길이 있다고 했던가! 의학 서적도 아닌 이 책에서 코피 재발 방지 및 정신 건강을 위한 비책을 발견했다.

나에게 깨달음을 주었던 것은 조선 시대에 태어난 명승 경허 스님에 대한 이야기이다. 어느 여름날, 스님은 어린 사미승과 길을 가던 중 개울가에 서 있는 젊은 여인을 마주치게 되었다. 불어난 개울에 발을 구르던 여인은 당대에 맞지 않는 놀라운 제안을 한다.

"스님 저를 좀 업고 이 개울을 건너면 사례를 충분히 하겠습니다."

어린 사미승은 여인에게 당치않은 소리라고 고함을 질렀으나, 여인은 계속해서 억지를 부렸다. 결국 경허 스님은 여인을 업고 개울을 건넜다. 무사히 개울을 건넌 여인이 돈을 꺼내려 하자 경허 스님이 큰 소리로 그녀를 꾸짖었다.

"어허, 돈은 필요 없다."

밤이 되어 경허 스님과 사미승은 잠자리에 들었으나, 사미승은 잠을 이룰 수 없었다. 그리고 자리에서 일어나 스님에게 따지듯이 물었다.

"스님께서는 여자를 가까이하면 안 된다는 계율을 제 눈앞에서 어기셨습니다. 어찌하여 그러신 겁니까? 스님의 대답을 꼭 들어야겠습니다."
"어허, 이놈! 나는 이미 그 여인을 개울가에 내려놓고 왔는데 너는 어찌하여 아직도 그 여인을 마음에 지고서 혼자 괴로워하느냐? 그 여인을 그만 네 마음속에서 내려놓거라."

아! 내가 바로 사미승이었다. 나는 이미 지나간 일, 나에게 상처를 준 사람들을 마음에 지고서 얼마나 많은 불면의 밤을 보냈던가! 또한, 되돌릴 수 없는 결정을 후회하고 일어나지도 않은 미래의 일을 걱정했다. 그 덕분에 내가 얻은 것은 화병과 스트레스뿐이었다. 연말 시상식에서 수상자들이 감사했던 이들을 떠올리듯이, 나는 나에게 상처 준 이들을 마지막으로 되새기며 그들을 개울가에 내려놓기로 했다. 10년 전 피 같은 내 돈 100만 원을 갚지 않고 사라진 동호회 그 녀석, 내 결혼식 때 나보다 축의금 적게 내고 온 가족을 데리고 왔던 대학 후배, 아버지 장례식 때 가족에게 무례했던 친인척들, 내가 회사에서 잘나갈 때 껌처럼 붙어있다가 좌천되자마자 안면을 몰수한 K 부장, 회사의 군대화를 꿈꾸며 나를 몰아붙이던 프라다를 입지 않는 악마 B 이사.

남을 미워하는 것과 내가 행복해지는 것은 별개의 일이라는 명상 선생님의 말씀을 다시 한번 되새겨본다.

그래. 나에게 상처를 줄 수 있는 것도, 상처를 잘 아물게 할 수 있는 사람도 오직 나 자신뿐이다.

"잘 가세요, 이젠 놓아드리리."

위험!
레드오션에
진입하셨습니다

나는 2002년부터 줄곧 해외업무를 담당하는 부서에서 근무하고 있다. 때문에 지인들로부터 영작과 해석을 해달라는 부탁을 자주 받곤 했었다. 그런데 한 친구가 얼마 전 외국어 번역기인 파×고에 대해서 입에 침이 마르도록 칭찬을 하며 내 존재의 쓸모 없어짐에 대해 열변을 토했다.

"친구야! 이제 네 도움 필요 없겠다. 더 이상 예전의 발 번역기가 아니야!"

번역기가 한때 조롱과 희화의 대상이 되던 시절이 있었

다. 그때는 아주 간단한 말조차 이해할 수 없는 문장으로 번역되어 도저히 실생활에 사용할 수 없었다. 근데 이제 내가 필요 없다고? 도대체 얼마나 똑똑해졌길래 저러는 거야? 친구의 말을 듣고 시험 삼아 영국 파트너에게 보낼 이메일 내용을 번역기에 입력했다. 충격! 앞으로 몇 년 안에 인공지능이 나를 대체할 수 있을 것이라는 불길한 생각이 들었다.

우리 회사에는 40대 중반을 바라보는 누구보다 성실한 직원이 있다. 과묵하지만 자기 일을 묵묵히 해내는 사람이다. 남들보다 1시간 일찍 출근해서 중국어 공부를 하고, 퇴근 후에는 샌드위치로 저녁을 때우고, 중국어 학원으로 향한다. 회사에 다니면서 하루 2시간씩 외국어 공부를 한다는 것은 엄청난 노력이 필요하다. 하루는 그에게 중국어 공부를 하는 이유를 물어봤다.

"불안해서죠. 뭐라도 해야 하는데 영어 잘하는 사람은 많고, 중국이 또 뜨잖아요. 이제 이직도 어렵고, 창업할 돈도 없고 답답해서 뭐라도 해야 할 거 같아서요."

그 심정 충분히 이해하고 공감한다. 하지만 이제는 개미

지옥 같은 레드오션에서 벗어나 자신만의 블루오션에 하루 2시간을 투자해야 할 시기이다. 그리고 정말 미안하지만, 하루에 2시간씩 외국어 공부를 한다고 해도 취업이나 이직에 도움이 될 만한 실력을 갖추기는 불가능하다. 물론 외국어 공부의 목표가 단순한 취미라면 상관이 없지만 단지 불안하다는 이유로 막대한 시간과 돈을 여기에 투자한다면 엄청난 기회비용의 손실이 아닐 수 없다. 이제는 외국에서 10년 정도 살다 온 수준의 외국어 실력이 아니라면, 필자 수준의 외국어 능력은 인공지능이 그 자리를 대신할 수 있다.

배우 조정석의 말에 이끌려 외국어 공부에 투자할 시간에 자신만의 재능을 살려야 한다. 대안도 없이 무조건 외국어 공부하지 말라는 말은 너무 무책임하지 않냐고 물으신다면, 그 대안은 자신만이 알고 있다고 답하겠다. 인간은 누구나 관심 있는 분야가 있고, 무언가 재능 있는 일이 있기 마련이다.

분명 아무것도 시도하지 않으면 아무 일도 일어나지 않는다. 그러나 치킨집이나 커피 전문점, 공무원 준비, 외국어 공부는 절대 피해야 할 레드오션이 아닐까? 지금 당장 해야 할 일은 레드오션에서 벗어나 나만의 블루오션을 찾기 위해 움직이는 것이다. 좋아하는 일이 없다면 지금이라도 내가 좋아하는 일이 무엇인지를 찾기 위해 소파를 박차고 분연히 일어나 여기저기 기웃거려 봐야 할 것이다. 우리 모두 그동안 남들이 하는 것, 남들이 간 길만 충분히 따라가 보지 않았나?

설상가상 100세 시대가 현실로 다가오고 있다. 제2의 인생은 자신이 좋아하는 일로 준비해보자. 한 번뿐인 인생 해보고 싶은 일에 도전하자는 의미도 있지만, 좋아하지 않는 일에 최선을 다하기는 어렵다는 것을 이제는 안다는 소리기도 하다. 이렇게 하기 싫은 일도 매번 좌절의 연속인데 이왕 좌절할 거 하고 싶은 일이라도 좀 해보자. 그렇다고 모든 걸 포기하고 목숨 걸고 도전하지는 말고, 그냥 시도부터. 어쩌면 나처럼 당신이 찾고 있던 행복을 찾을 수 있을지도 모른다. 진짜 진부하지만 행복은 아주 가까이에, 아주 사소한 일에서 비롯되니까.

그래서 이 직장인 아재는 오늘도 이렇게 글을 쓴다. 일요일 저녁이 저물어 가지만, 더는 월요일이 미칠 듯이 두렵지는 않다.

Present

Track

현생

**씹고 뜯고
맛보고 즐기고**

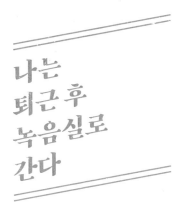

나는
퇴근 후
녹음실로
간다

한때 대형서점의 한 코너가 '퇴사'에 관한 책들로만 채워진 적이 있었다. 책 제목만 봐도 카타르시스가 느껴지는 짜릿한 제목들. 물론 현실은 책 제목들처럼 녹녹하지가 않다. 퇴사 이야기는 '공주와 왕자가 결혼해 행복하게 살았답니다'라는 동화의 결말과 비슷하다. 이렇게 퇴사 후의 삶이 근사해질 확률이 희박함을 이미 알기에, 많은 사람들이 책으로나마 대리만족을 느끼려 했던 건 아닐까?

나도 여느 직장인처럼 퇴사 희망자로, 실낱같은 희망을 품었던 적이 있었다. 2017년, 회사에 다니며 쓴 역사 글로 출판사와 처음 출간 계약을 하게 되었을 때였다. 주변 프리랜서 작가, 전업 작가들이 책도 나오기 전부터 회사를 관두면 절대 안 된다고 신신당부했다. 하지만 나는 이미 출간과 동시에 베스트셀러 작가가 되어 부장의 얼굴에 사표를 집어던지는 꿈을 꾸고 있었다. 누구나 예상 가능한 결말이지만, 나는 여전히 회사에 다니고 있다.

대신 나는 마음을 고쳐먹기로 했다. 현실적으로 어려운 퇴사 대신 퇴근 후가 있는 삶을 만들기로! 회사 생활이 신나고 즐겁다면 더할 나위 없이 좋겠지만, 그것은 퇴사만큼 어려운 일이다. 그러니 퇴근 후의 즐거운 시간을 영위하기 위해 회사에 다니는 것으로 노선을 변경하는 것이다. 그럼 회사 생활을 좀 더 즐길 수 있게 되지 않을까?

이를 위해 내가 선택한 첫 번째 도전은 바로 팟캐스트 진행이었다. 라디오 키즈로 유년 시절을 보낸 내게는 DJ에 대한 막연한 동경이 있었다. 팟캐스트를 진행하면 내가 바로 그 DJ가 되는 것이 아닌가. 설레는 마음에 잠이 오질 않았다. 그러나 조깅 10km보다 어려운 것이 현관까지 걸어가 신발을 신는 일이라고, 팟캐스트를 해야겠다는 생각을 실천에 옮기는 데는 6개월이 걸렸다.

팟캐스트 주제는 나의 첫 책인 '찌라시 한국사'에 실린 내용. 첫 녹음은 스마트폰으로 방구석에서 녹음했다. 업로드 비용은 0원이었다. 며칠 후 7명의 사람이 내 방송을 들었고, 내용은 좋은데 목소리가 너무 작다는 댓글이 달렸다. 전혀 반응이 없을 줄 알았는데. 예상치 못한 반응에 들떠 녹음실을 알아보기로 했다. 1시간에 2만 원 정도면 완벽한 방음과 멋진 마이크가 있는 녹음실을 이용할 수 있었다. 비록 한 번의 녹음으로 끝날지라도 멋진 녹음실 마이크 앞에서 찍은 사진 한 장으로 SNS를 화려하게 장식할 수도 있고 말이다.

사실 나 같은 아재에게는 녹음보다 편집이 더 걱정이었다. 근데 이것도 괜한 걱정이었다. 녹음실에 가니까 편집 및 업로드 방법도 서비스로 알려주더라. 단돈 2만 원으로 녹음에 편집까지 뚝딱! 심지어 이렇게 만든 나만의 방송을 전 세계로 송출하는 데는 돈이 더 들지도 않는다. 이 얼마나 매력적인가! 게다가 팟캐스트는 유튜브 영상보다 파급력은 떨어지지만, 좀 더 낭만적이다.

주변 지인들의 반응도 폭발적이었다. 게스트로 참가한 지인들은 녹음에 참여해 추억을 쌓았고, 나는 그들과 함께 방송 노하우를 쌓아 나갔다. 그리고 시간의 누적은 무서운 힘을 발휘했다. 나는 영하 15도를 넘나드는 한파에도, 기록적인 폭염에도 녹음실로 향했다. 그 결과 전 세계(?) 1,600여 명의 구독자가 나의 방송을 듣게 되었다. 덴마크와 중국에 거주하는 한인 분들, 매일 아침 장사 준비를 하며 방송을 듣는 셰프님, 포도 농사를 하는 도시농부, 야간에 등산하며 방송을 듣는 직장인까지. 나의 작은 우주에 많은 분이 별이 되어 찾아 주었다.

한 푼의 수익도 내지 못하는 일이지만, 이상하게 행복해졌다. 마치 내가 '라디오천국'의 유희열이라도 된 것 같은 기분이었다. 퇴근 후 녹음을 위해 준비하는 과정은 육체적으로 힘들지만, 방송 업로드 후 청취자들부터 받는 피드백을 통해 정신적으로 큰 위로를 받았다.

집에서 매일 보는 남편의 목소리를 이어폰을 통해 듣는 것이 오글거려 듣지 못하겠다던 아내도 어느새 다음 편은 언제 업로드가 되냐고 채근하기 시작했다.

이제까지 나의 인생은 회사에만 얽매여 있었다. 생각해 보니 좌천 전까지는 회사 밖의 삶에 대해 머리 싸매고 걱정만 했지, 이를 위해 직접 몸을 움직여본 적은 거의 없었던 것 같다. 내 진짜 인생은 회사 밖에 있는데 말이다.

그래서 이제는 좀 달라져 보려고 한다. 내 진짜 삶이 있는 회사 밖의 삶에 대해서, 내 인생을 즐거움과 행복으로 채울 수 있는 이런 작은 노력들을 하나둘 실천해보려고 한다.

템플스테이,
속세 탈출
넘버 원

몇 해 전, 새해 첫날 좌천을 경험하고 이상한 후유증이 생겼다. 인사개편이 있는 연말만 되면 불안감이 온몸을 휘감는 것이다. 이제는 제법 시간이 지나 많이 아물기는 했지만, 여전히 상처가 남아 신경을 날카롭게 만든다. 나는 비록 무신론자이지만 누군가에게 간절히 빌고 싶어졌다. 내년 초 인사개편 때는 아무 일이 없기를.

나는 이 어지러운 마음을 차분히 정리할 시간을 갖기 위해 템플스테이를 하기로 결심했다. 하지만 너무 늦게 결심한 모양이다.

'아니, 나처럼 번뇌에 빠진 중생들이 이리도 많단 말인가?'

연말 서울 근교의 템플스테이 일정은 거의 마감되어 있었다. 남아있는 것 중 그나마 가장 빠른 일정을 찾아 거침없이 예약했다. 날짜는 1월 둘째 주. 하지만 입소(?) 날짜가 점점 다가오니, 산속의 추위 걱정을 시작으로 낯선 사람과 한방에서 자야 한다는 몹시도 불경스러운 근심들이 봄날 아지랑이처럼 솟아났다. 거기다 감기몸살 기운까지 찾아와 내 의지를 더 흩트렸다. 머릿속에서 이런저런 생각들이 요동을 치고 있었다. 그러나 생각은 분명 나의 머릿속에서만 맴돌았는데!

"여보! 당신 템플스테이 가기 싫어서 핑곗거리 찾으려고 머리 굴리고 있지? 정 그렇게 가기 싫으면 위약금 더 커지기 전에 빨리 취소를 하시던가!"

아내의 손바닥 위에 나는 필히 홀딱 벌거벗겨져 있음이 분명하다.

"하필 이번 주말에 아시안 컵 축구 경기까지 있어서 말이야.

이거 참 속세와 인연을 끊기가 영 쉽지 않구먼. 나무아미타불 관세음보살."

내가 괜찮다고 극구 만류하였음에도 불구하고 아내는 절 앞까지 따라왔다. 나는 모든 것을 포기하고 발걸음을 옮겼 다. 아내의 극진한 배웅이 아니었다면 무사히 도착하지 못했 을지도 모르겠다.

절에 도착해 배정된 방으로 안내를 받았다. 기대 이상으 로 깔끔하고 넓은 원룸이었다. 방 안에는 온기가 가득했고, 화장실은 비록 좁았지만 청소가 아주 잘 되어 있었다. 이제 룸메이트만 괜찮은 사람이면 됐다. 제발 코를 심하게 골거나 수다스러운 아저씨가 아니기를! 이를 가는 말 많은 아저씨 는 빌었다. 그 순간 나와 하룻밤을 함께 보낼 청년이 문을 열 고 들어왔다. 잘생긴 20대 후반의 청년이었다. 아저씨가 미 안해, 청년. 우리 둘은 간단히 인사를 한 뒤 오리엔테이션 장 소로 함께 이동했다.

간단한 오리엔테이션을 마치고, 스님과 우리가 묵을 사찰 을 둘러보았다. 그리고 1시간가량의 걷기 명상이 시작되었 다. 스님께서 발뒤꿈치, 새끼발가락, 발바닥 전체의 순으로 평소보다 천천히 걸으면서 우리 몸의 감각을 조금씩 느껴

보라고 말씀해 주셨다. 확실히 뭔가 다른 느낌이 들었다. 내 옆에 있던, 겨울 방학을 맞아 엄마 손에 이끌려 강제 입소한 중2 두 명은 걷기 명상을 하며 산을 오른다는 이야기에 금세 울상이 되었다. 짜식들, 아직은 이 맛을 잘 모르겠지.

걷기 명상을 마친 후, 저녁 공양 시간이 되었다. 시계는 고작 오후 4시 30분을 향하고 있었다. 사실 며칠 전 메일로 일정표를 받아본 후, 가장 자신 없던 부분이다. 4시 30분 저녁 식사와 9시 취침. 속세에 완벽하게 적응한 나는 도저히 불가능한 일정이라고 생각했었다. 그리고 고기 한 점 없는 맛없는 절 밥을 통해 자연스럽게 다이어트도 할 수 있을 거라는 착각도 했었다.

"맛있다. 너무 맛있다. 절 밥이 이렇게 맛있다니 반칙이다."

4시 30분에 저녁 식사가 너무도 잘 넘어갔다. 밥도 왜 이렇게 맛있는 건데. 식사 도중 참가자들의 이야기를 들어보니, 오기 전에 블로그에서 봤는데 이 사찰이 전국에서도 밥이 맛있기로 꽤 유명하다고 한다. 과연! 나는 새로운 블로그 맛집을 알게 되었다.

꿀맛 식사 후 간단한 예불을 마치니, 어느새 해가 지고 있었다. 우리는 에밀레종의 카피격이라는 사찰의 종을 쳐 볼 기회를 얻었다. 12월 31일 TV에서만 보던 타종의 기회가 나에게도 주어졌다. 가족의 건강과 나의 발전을 기원했다. 어느새 인사개편에 대한 걱정 따위는 사라지고 없었다.

마지막으로 남은 주요 일정은, 템플 스테이의 꽃이라 할 수 있는 108배였다. 108배를 진행할수록 겨울임에도 불구하고 육체는 땀으로 흠뻑 젖었고, 정신은 무념무상으로 빠져들었다. 그래도 고통은 어찌할 수 없었다. 입에서는 나도 모르게 한숨 소리가 새어 나왔고, 내 무릎에서 나는 소리는 법당의 정적을 깨트렸다. 그만 포기하라는 마음의 목소리가 잠시 들리는 듯 했다. 90배를 넘어가니 약한 현기증과 함께 부처님이 보이는 것 같았다. 하지만 포기하지 않았다. 그렇게 108배를 무사히 마쳤다.

"한 분도 포기하지 않고, 참으로 잘하셨습니다. 옆에 있는 서로를 격려해 주세요."

참가자들끼리 수고했다고 말하며 물을 나누어 마셨다. 절에서 전우애를 느끼게 될 줄은 몰랐다. 뿌듯함에 광대가 한껏 올라갔다.

그렇게 많은 일들이 일어났음에도, 샤워를 마치고 이불 위에 고단한 육신을 뉘니 8시 40분이 조금 넘었다. 정말 9시 취침이 가능하구나. 몸은 피곤하였으나, 머릿속은 어느 때보다 맑아진 느낌이었다. 산사의 고요한 밤이 그렇게 저물었다.

다음 날, 새벽 5시 법당에서 촛불 명상을 했다. 새벽 4시에 일어났지만 이상하게 졸리지 않았다. 이어 108개의 구슬을 직접 꿰어 나만의 염주도 만들고, 티베트 스님들의 명상 수련법이라는 소금 만다라도 해보았다. 이런 과정을 거치니 내가 상당한 내공을 가진 수련인 같다는 느낌이 들었다. 겨우 1박 2일 만에, 하핫.

모든 일정은 끝이 났다. 다시 집에 갈 것을 생각하니 묘한 피로감이 몰려왔지만, 정신만은 아주 튼튼해진 것 같은 느낌이 들었다. 별거 없던 절에서의 일정이 이런 큰 위로를 선물할 줄은 몰랐다. 비록 이 모든 긍정 파워가 월요일 출근과 동시에 연기처럼 사라질지라도, 이런 작은 휴식들과 재충전이 모여 올해의 나를 버티게 하는 원동력이 되어 줄 것이다.

 짧게나마 정들었던 사람들과 인사하고 절을 내려가니, 저 멀리 아내가 손을 흔들고 있는 모습이 보였다. 좀 더 단단해진 마음으로 스스로를 다독여 본다.

 올 한 해도 우리 가족 잘 부탁한다, 김 차장!

저질체력 직장인의 걷기 예찬

새해가 되면 연례행사처럼 헬스클럽 이용권을 결제한다. 새해맞이 이벤트 덕분에 3개월 가격으로 1년 치 이용권을 결제하니 왠지 돈을 번 느낌이 든다. 하지만 꽃 피는 봄이 오기도 전에 연간 회원권을 끊은 것을 후회하고, 집에 사다 놓은 운동기구는 옷걸이로 전락한다.

위 글을 읽으며 조금이라도 뜨끔했던 사람이라면, 인생 운동으로 '걷기'를 추천한다. 우리는 걷기를 통해 얻게 되는 정신적, 육체적 장점을 이미 잘 알고 있다. 밤을 새워 일하거나 신나게 놀고 난 다음 날도 끄떡없던 청춘은 지나갔다. 그래서 이제는 살기 위해 어떤 운동이라도 꼭 해야 한다. 그중 제일 만만하고 효과가 좋은 것이 걷기다. 하루에 5천 보 걷기도 힘든 직장인에게 하루에 3만 보도 너끈히 걷는다는 배우 하정우의 이야기는 의지의 문제를 넘어 먼 나라 이야기처럼 들릴 수도 있다. 하지만 숫자는 잊고 일단 걸어보라. 숫자는 자연스럽게 올라가는 것이고, 내 체력도 조금 더 업그레이드되는 것이 느껴질 것이니, 아-멘.

나는 과외와 학원이 없는 시골에서 어린 시절을 보낸 덕택에 아침부터 해질 때까지 학교 운동장과 골목길을 누빌 수 있었다. 이 버릇은 서울에 올라와서도 달라지지 않다. 천성이 활동적인 성격이라 등산을 좋아했고, 아내도 산에서 만났다. 뛰는 것과 걷는 것이 나에겐 즐거운 일이었다. 하지만 점점 나이가 들면서 달리는 일은 월드컵 주기의 행사가 되었고, 걷는 일도 줄게 되었다. '체력 하나는 아직 자신 있다'라는 생각은 마흔이 넘어가면서 서랍 속에 고이 접어 넣었다.

아직 살 날이 많이 남았다. 복근까지는 아니어도 (혹시 로또에 당첨이 되면) 세계 일주를 할 체력이 있어야 한다. 건강하게 살기 위한 생존 체력이 절실해졌다.

제대로 달리기 시작한 것은 무라카미 하루키의 달리기를 동경하면서부터였다. 전 세계를 돌며 글을 쓰고 달리는 하루키의 모습은 상상만 해도 부러웠다. 나는 혼자 동네 공원이라도 달려보기로 했다. 열심히 달린 지 한 달 후, 친구들과 10km 마라톤 대회를 신청했다. 대회까지는 50일이 남아 있었다. 일주일에 3회 정도 집 앞 공원에서 달리기 연습을 했다.

충분히 연습했다고 생각했지만, 막상 대회 당일이 되니 긴장으로 온몸이 경직되었다. 하지만 눈빛만은 살아있었다. 나는 곧 몬주익 언덕을 오를 것 같은 비장함 마저 뿜어냈다. 어흥! 이런 나의 설레발을 느꼈는지, 현관문을 나서기 직전까지 아내의 일장 연설이 이어졌다. 우리 둘은 한날한시에 죽어야 한다며, 절대 무리하지 말라는 협박과 잔소리를 넘나드는 당부였다. 주입식 교육의 효과 때문인지 살짝 겁도 났다.

대회가 열린 잠실 주경기장은 심장을 울리는 비트와 달리지 못해 안달이 난 사람들의 열기로 뜨거웠다. 출발과 동시에 100m 달리기를 시연한 청년을 1km 앞에서 만났다. 그는 의료진의 부축을 받으며 길 한쪽에서 코로 물을 마시고 있었다. 나는 8km 지점까지 차분히 페이스를 지켰다.

'역시 진정한 노력은 배반하지 않는구나. 그동안 연습한 효과가 있었어!'

나는 1시간 2분 만에 결승점을 통과했다. 자신감이 생겼다. 그 이후 10km 코스를 2번 더 달렸다. 그리고 조만간 풀코스에 도전하겠다느니, 달려보지 않은 자는 인생을 논하지 말라는 등 가소로운 헛소리를 요란하게 떠벌리고 다녔다. 하지만 하늘도 무심하시지. 얼마 지나지 않아 무릎에 이상이 생겼고, 나는 달리기 홍보 대사의 자리를 슬며시 내려놓게 되었다. 아내는 내심 안심하는 표정이었다.

이후 나는 걷기로 방향을 전환했다. 우선 거창하게 걷는 것보다 생활 속 걷기를 실천하기로 했다. 튀지 않는 검은색 운동화를 구입했다. 극심한 미세먼지와 폭우가 쏟아지는 날이 아니면 도보 15분 거리의 지하철역까지 꼭 걸어서 출근했다. 지하철역 계단도 무조건 걸어서 올랐다.

회사에서도 마음만 먹으면 걷는 시간을 확보할 수 있었다. 점심시간 전까지 최소 한 번은 3층부터 18층까지 걸어 올라가고, 점심 식사 후에는 회사 근처 덕수궁 돌담길과 고궁을 번갈아 가며 걸었다. 물론 주변에 이런 멋진 곳들이 없더라도 괜찮다. 어떤 길이든 회사 주변을 걷다 보면 숨어있는 동네 고양이를 찾거나 사람들을 구경하는 재미를 느낄 수도 있다. 나는 퇴근하기 전, 18층까지 한 번 더 오르거나 시간적 여유가 있는 날은 15분 정도 사무실 주변을 걷는다. 퇴근 후에도 마을버스 대신 걸어서 집에 도착하면, 하루에 만 보는 넉넉히 채울 수 있다.

만 보가 조금 부족하다고 느낀 날에는 아내와 집을 나선다. 스마트폰과 TV에 빼앗긴 부부의 대화 시간을 걸으면서 채운다. 건강도 챙기고 부부 사이도 돈독해지는 일석이조의 효과를 얻을 수 있다. 걸어본 사람들은 알겠지만 걷다 보면 자연스러운 대화가 꼬리에 꼬리를 물고 이어진다. 권태기에 빠진 부부나 처음 시작하는 연인들에게도 걷기를 추천한다. 참고로 스티브 잡스도 명상만큼이나 걷기를 즐겼다.

우리 부부는 비가 오는 날이면 북한산의 우이령 길을 자주 찾는다. 사전 예약제로 운영되기에 한적함을 즐길 수 있어 더욱 좋다. 하지만 뭐니 뭐니 해도 우리가 가장 좋아하는 걷기의 천국은 '제주도'다. 차에서 보는 것과 걸으면서 보는 제주는 완전히 다르다. 하정우가 하와이에서 하루 10만 보 걷기에 도전했다는 말을 충분히 이해한다. 나도 하와이만큼이나 아름다운 제주도를 걷지 않고는 못 배기겠다는 마음이다. 심지어 제주도를 걷는 것은 강력한 천연 소화제를 먹는 것과 같다. 그 덕에 놓치고 싶지 않은 제주의 맛집들을 하루 네 차례도 갈 수 있다.

가끔은 혼자서 집 근처 공원을 걷기도 한다. 홀로 걷다 보면 글쓰기에 대한 아이디어가 책상에 앉아 있을 때보다 잘 떠오른다. 앉아서 생각하는 것이 매연 가득한 도로 길이라면, 걷기는 제주도의 올레길에 비견된다. 생산성과 효율성의 차이가 비교 불가이다.

몇 년 전, 그룹 god가 순례자의 길을 걷는 TV 프로그램을 보며 신나는 상상을 했다. 취향이 비슷한 친구들과 함께 순례자의 길을 걷는 내 모습은 떠올리기만 해도 절로 웃음이 나왔다. 그때 아내가 사랑스러운 목소리로 나를 불렀다.

"자기야, 순례자의 길 나랑 걸을 생각 하니까 기분이 좋아지는 구나!"

아내와 좋은 친구들이 있어서 행복하고, 두 발로 걸을 수 있어서 참으로 행복하다.

"누구와 걷든 행복하리."

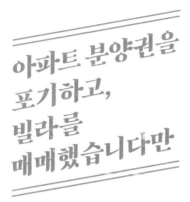

아파트 분양권을
포기하고,
빌라를
매매했습니다만

한국인 중 다수가 거주지로 아파트를 선호한다. 그리고 빌라는 전세라면 몰라도 매매는 절대 안 된다고 말한다. 그런데 나는 몇 년 전 주위의 수많은 반대를 무릅쓰고 빌라의 주인이 됐다.

늦은 나이에 사랑하는 사람과 결혼을 하게 되었다는 것은 행복한 일이었지만, 그로 인해 발생한 신혼집 마련이라는 문제는 썩 유쾌한 일이 아니었다. 그런데 결혼을 100일 앞둔 무렵, 기적이 일어났다. 공사에서 서민들을 위해 시세보다 낮은 보증금으로 제공하는 아파트에 당첨이 된 것이다. 8년 넘게 청약통장을 지킨 보람이 있었다. 공사에 월세를 내야

했지만, 당장 한숨은 돌렸다. 당시 나의 자금 사정에서 찾을 수 있는 최상의 조건임은 명백했다.

우리는 그곳에서 신혼살림을 시작했고, 7년이란 세월이 순식간에 흘렀다. 그리고 운명의 시간이 다가왔다. 이 아파트는 1년 후에 분양 전환이 되고, 거주자인 나에게 우선권을 준다. 만약 매매하지 않으면 퇴거를 해야 했다. 또다시 집에 대한 고민의 시간이 다가왔다. 아파트를 사기 위해 무리한 대출을 받는다면 우리의 현재를 담보로 잡혀야 한다.

평소 부동산에 대해 같은 생각을 가지고 있던 아내와 나는 아파트를 떠나기로 했다. 우리 앞에 놓인 선택지는 많지 않았다. 빌라를 알아보기로 했다.

결혼 전, 아파트에서 살아본 적이 없던 아내는 신혼 초 아파트 생활에 몹시 만족했었다. 그러나 아파트에 대한 환상이 깨지고, 주변에 있는 아파트 못지않은 시설의 신축 빌라들을 보면서 생각이 완전히 바뀌었다. 주말을 이용해 아내와 나는 주변 빌라들을 보러 다녔다. 빌라들을 실제로 확인한 후, 우리는 주거의 개념만으로 보면 빌라도 아파트에 비해 손색이 없다는 확신을 했다. 심지어 가격은 아파트에 비교할 수 없을 정도로 싸다. 빌라 매매로 마음이 기울고 있었다. 이런 생각을 주변에 알리자 엄청난 반대가 밀려왔다.

"빌라는 사는 게 아니라니까! 투자 가치가 전혀 없어요. 빌라를 살 돈으로 경기 남부에 20년 된 21평짜리 아파트를 사! 아파트가 오를 확률이 훨씬 높아."

지금 집보다 더 작고 오래된 집으로 이사를 하라고? 무엇을 위해서?

"오빠가 무슨 자연인이야? 집 주변에 소나무 둘레길이 있고 숲이 있는 걸 왜 고려해? 지하철역과 얼마나 가까운지, 편의시설, 학군 같은 걸 따져야지. 그래야 빌라라도 집값이 오른다니까!"

나와 아내는 산을 좋아한다. 서울 한복판에서 회사 생활을 하는 나는 퇴근 후만이라도 도심을 벗어나 살고 싶다는 바람이 있었다.

우리와 다른 다수의 가치관에 잠시 흔들렸지만, 우리만의 생각을 지키기로 했다. 그래서 아파트도 아니고, 역세권도 아닌 자연 경관이 좋은 빌라를 매매하기로 했다.

이삿날 저녁 창문을 여니 도심과는 완전히 다른 맑은 공기가 느껴졌다. 4차선 도로와 인접했던 이전 아파트에서는 느낄 수 없던 청량함이었다. 내일부터 출퇴근 시간이 더 걸릴 것이고, 아파트에서는 느끼지 못했던 불편함도 있을 것이다. 그러나 비슷한 평수 아파트 가격의 절반 가격으로, 나를 더 만족시키는 우리 집을 장만했다. 드디어 집주인이 된 것이다. '밤에 자다가도 내 집이라 좋구나' 하는 생각이 든다는 친구의 말이 더 이상 농담으로 들리지 않았다. 덜컹거리는 기차를 타고 고향을 떠나던 날부터 고단했던 도시 생활이 촤르르 필름 소리와 함께 머릿속에 펼쳐졌다.

그때, 환기를 위해 열어놓은 안방 문이 굉음과 함께 닫히면서 잠겨 버렸다. 아파트에 살 때는 관리사무소에서 마스터키를 줘서 이런 사태를 쉽게 해결할 수 있었지만, 지금은 아니었다. 평균 이하의 손재주를 가진 나는 몹시 당황했다. 시간은 밤 9시를 넘어가고 있었다.

'오늘 밤은 소파에서 자야 하나?'

옆집 벨을 누르기에는 너무 늦은 시간이었다. 나는 무작정 밖으로 나갔다. 둘러보니 같은 빌라에 사는 4층 아저씨와 1층 아주머니가 이야기를 나누고 계셨다. 나는 대화에 잠시 공백이 생긴 틈을 파고들었다. 그리고 오늘 이사를 왔노라고 인사를 한 후, 내가 처한 위기 상황에 대해 간략하게 설명했다.

"아이고 저걸 어째. 잠긴 문을 여는 열쇠가 있는지는 모르겠네요. 집에 관련된 일은 우리 딸이 알고 있어서 곧 퇴근할 때가 되긴 했는데…."
"혹시 핀이나 작은 쇠꼬챙이 같은 거로 열리지 않을까요? 우리 집 애들이 알려나?"

망연자실한 나는 집으로 다시 들어가 손재주가 좋은 친구에게 전화했다. 예상대로 친구는 해결 방법을 알고 있었다.

"이런 답답한 양반을 봤나. 아무리 기계치라고 해도 그런 것도 몰라? 방에 특별한 안전장치가 있는 게 아니라면 젓가락 끼면 바로 열려."

나와 아내는 채 풀지 못한 이삿짐 속에서 젓가락을 찾아

실행에 옮겼다. 너무나 쉽게 문이 열렸다. 그 순간, 초인종이 울렸다. 이사 첫날 이 시간에 누구지? 문을 열어보니 아까 만난 4층 아저씨였다.

"우리 큰아들이 젓가락으로 열면 열린다고 해서! 아직 못 열었으면 내가 잠시 들어가도 될까요?"

그때 거짓말처럼 1층 아주머니와 딸로 추정되는 분이 우리 집으로 올라오고 있었다.

"어? 4층 아저씨도 오셨네!"

아주머니는 한 손에 젓가락을 흔들고 있었다.

p.s.

어느새 빌라 거주 3년 차에 접어들고 있다. 난방비는 이전 아파트보다 적게 나오며, 따스한 사람의 온기도 느껴진다. 집 근처 소나무 둘레길은 역세권이 주지 못하는 청량함을 우리 부부에게 선물한다. 생활의 불편함도 전혀 느낄 수 없다. 무엇보다 좋은 점은 온 나라가 아파트 가격 때문에 들썩이고 있을 때, 우리는 우리의 삶에 집중할 수 있다는 점이다. 집은 사는 것이 아니라 사는 곳이어야 한다.

여전히 나의 빌라는 따뜻하다.

"젓가락 세 짝이 선물한 빌라살이의 따스함."

40대
소년들의
송년회

12월은 언제나 설렌다. 어린이에게는 산타 할아버지의 선물이, 학생들에게는 겨울 방학이라는 커다란 선물이 기다리고 있어서 더 그렇다. 그럼 다 큰 어른에게는 어떤 것이 기다리고 있을까? 바로 '송년회' 아닐까? 물론 의미 없는 대화를 나누며 줄어드는 술병, 그로 인해 상해 가는 내 간이 안타까운 송년회를 말하는 것은 아니다. 1년 내내 소홀했던 인간관계를 만회하기 위한 마지막 기회! 내년에는 연말이 아니라 평소 자주 연락하고 만나겠다는 부질없는 다짐을 하게 되는 그 마지막 회개의 시간을 의미하는 것이다. 이때가 아니면 언제 또 나의 인연들을 마주할 수 있겠는가.

나에게는 초중고를 함께 다닌 친구들이 있다. 우리는 동네에 5개밖에 없는 초등학교 중 한 곳에서 함께였고, 2개의 중학교 중 한 곳에서 다시 만났다. 그리고 유일한 인문계 고등학교에서 마지막으로 이 끈끈한 우정을 다졌다. 대학생이 된 후, 성적 따라 전국으로 흩어졌던 우리는 무사히 군 복무를 마치고 직장인이 되어 서울에서 다시 만났다. 질리지도 않는 스포츠 이야기, 이성 이야기로 밤이 새는 줄도 몰랐다. 그러나 다음 날 출근해도, 피곤함을 모르던 시절은 가을처럼 빨리 지나갔다. 마흔이 넘으면서 우리들의 대화도 체력과 비례해서 줄어들었다. 어린 시절에는 한 명의 말이 끝나기가 무섭게 꼬리에 꼬리를 무는 대화가 이어졌다. 하지만 이제는 소개팅도 아닌데 찰나의 침묵이 자주 출몰한다. 소재 고갈은 드라마 작가들만 겪는 문제가 아니었다. 어떤 날은 만난 지 1시간도 지나지 않아 자리를 마무리하는 날도 있었다.

더 이상 이렇게 둘 순 없다. 가까운 사이일수록 그 관계를 유지하기 위해서는 노력이 필요하다.

"야, 다음 주 월요일 송년회 때 각자 4장씩 크리스마스 카드를 가지고 오자."

내가 단톡방에 던진 한마디에 안 그래도 조용하던 단톡방은 태초의 고요 속으로 빠진 듯했다. 반나절이 지난 후에야 좋아 죽겠다는(?) 반응이 나타나기 시작했다.

"하루 이틀 본 사이도 아닌데 굳이 낯간지럽게⋯⋯."
"까오! 나 빼고 하면 정말 괜찮은 아이디어인 듯."

나는 협박과 회유를 적절히 버무린 말을 단톡방에 토해냈다.

"과거를 돌아보아라, 친구들아. 우리는 고등학교 때까지 크리스마스 카드를 주고받던 낭만적인 소년들이었다. 아재가 되지 말자고 그리 다짐하지 않았더냐?"

퇴근 후, 광화문 교보문고로 친구들을 위한 카드를 사러 갔다. 크리스마스 카드 코너에 선 내 모습이 조금은 낯설게 느껴졌지만, 마음만은 산타의 존재를 믿던 시절로 잠시 돌아간 것 같았다. 각자의 취향에 맞춰 카드를 골랐다. 1단계 성공! 시작이 반이다.

막상 20년 만에 친구들에게 글로 마음을 전하려고 하니

손발이 저렸다. 맘 같지 않은 손을 움직여 항상 해피 바이러스를 뿜어내는 그에게는 탈모 탈출, 발모의 기적을! 프랜차이즈 사업에 첫발을 들인 이에게는 백종원의 신화를, 골프광 친구에게는 프로골퍼 테스트 통과의 기적을 빌어주었다. 마지막으로 경제적으로 힘든 상황에 놓여 있는 그 녀석에게는 로또의 은총이 함께 하기를 간절히 빌었다.

드디어 밝아 온 친구들과의 송년회 날! 어릴 적 친구들로부터 카드를 받을 생각을 하니 묘한 기대감이 생겼다. 열심히 적은 카드를 전달하고 손을 내밀었다. 약속 당일 부랴부랴 카드를 산 친구부터 예상외로 정성을 들인 친구, 결국 연하장으로 대신하겠다던 친구까지 다양했다. 서로 겸연쩍어 하며 카드를 교환하고, 우리는 서둘러 잔을 채웠다. 어린 시절 산타 할아버지가 두고 간 선물상자처럼 당장 펼쳐보고 싶지는 않았지만, 신경이 쓰이긴 했다. 그리고 아주 오랜만에 이 이벤트가 불씨가 되어 웃고 떠들었다. 우리가 사랑했던 소년 시절처럼.

집으로 돌아가는 지하철에서 카드를 꺼내 보았다. 친구들은 올해 내가 이룬 작은 성공을 진심으로 축하해 주었다. 책을 출간하고 얻은 수익은 연봉에도 훨씬 못 미친다. 하지만 나는 돈으로 환산할 수 없는 성취감을 느끼고 있다. 나의 행복감은 그대로 얼굴에 나타났고, 친구들은 같은 직장인으로서 대리만족을 느낀다고 했다.

역시 카드 쓰기는 잘한 일이었다. 눈물을 흘릴 만큼 감동적인 내용은 없었지만, 오래된 친구들에게 카드를 받았다는 자체가 큰 선물이었다. 카드를 다 읽고 나니, 고요하고 거룩했던 단톡방이 활기를 띠기 시작했다. 내일이면 다시 조용해지겠지만 말이다.

"작가라 다를 줄 알았더니, 카드 내용은 영……. 그래도 아이디어 하나는 기가 막혔다^^!"
"사실 정말 하기 싫었는데 막상 하고 나니 잘했구나 싶다. 친구야! 내년에도 또 하자."

이어 사진 2장이 올라왔다. 헤어지기 전 지하철역 입구에서 오랜만에 함께 찍은 사진이었다. 그곳에는 머리가 벗어지고 눈가에 주름이 가득한 소년들이 웃고 있었다.

코로나의 중심에서 BTS를 외치다

마당이 있던 고향 집을 떠나 대학교 앞 하숙집과 반지하에서 서울살이를 시작했다. 나이를 먹고 집은 조금씩 넓어졌지만, 내 터전은 도심과 점점 멀어져만 갔다. 결국에는 서울에 있는 회사까지 가기 위해 1시간 30분 동안 매일 아침 광역버스로 즐겁지 않은 여행을 떠나게 되었다. 경기도에서 서울로 출퇴근을 해보지 않고는 인생을 논하지 말라는 웃픈 농담을 들은 적도 있다.

　설상가상으로 2020년은 코로나 때문에 마스크까지 착용해야 해서, 버스 뒷자리에서 바라본 풍경은 괴기스럽기 그지없었다. 나는 왕복 3시간을 견디기 위해 책도 읽어보고, 명상도 해보는 등 별짓을 다 해보았다.

그날도 마찬가지로 지독한 지루함을 이기기 위해 라디오를 틀었다. 순간, 반주부터 귀에 쏙 박히는 팝 하나가 비루한 몸뚱이를 움직이게 만들었다. 몇 해 전, 공전의 히트를 기록한 퍼렐 윌리엄스의 'Happy'처럼 대책 없이 신나면서, 세련된 멜로디에 잘 만들어진 팝송이었다. 노래가 끝나고 DJ의 소개를 통해 이 곡이 BTS의 신곡 '다이너마이트'라는 것을 알게 되었다. 참으로 오랜만에 한 곡을 무한 반복으로 듣게 되었고, 급기야 노래를 듣다 버스 정류장을 지나치는 사태까지 벌어졌다. 그날부터 슬금슬금 BTS의 다른 노래들을 찾아 듣기 시작했다.

예전 서태지의 음악을 즐기지 못하던 아버지를 보며, 아버지와 다르게 나는 나이가 들어도 최신곡을 꿰고 있을 거라고 단언했었다. 그러나 아버지의 나이가 되었을 때, 아이돌의 노래를 즐기지 못하는 나를 발견하고 하늘에 계신 아버지에게 사죄의 말씀을 올렸었다. 그런데 BTS라니!

온종일 BTS 노래를 들은 그날, 퇴근하고 동갑내기 아내에게도 다이너마이트를 들려주었다. 며칠 후 출근길에 아내가 메시지 하나를 보내왔다.

코로나에, 장마에, 태풍에, 폭염에, 미세먼지에! 지친 몸과 마음이 치유되는 느낌이 들었다. 뒤이어 여성호르몬이 용솟음치는 나이에 걸맞게 버스 안에서 눈물을 찔끔 흘렸다. 또한, 아재답게 IMF 시절 맨발의 박세리와 하이킥 박찬호의 분투를 통해 위로받던 시절을 떠올렸다.

선진국의 완성은 경제, 군사력뿐만 아니라 문화라는 마지막 퍼즐이 필요하다. BTS가 이번에 대한민국 문화강국의 한 축을 담당했다고 해도 과언이 아니지 않을까? 삶의 질은 물질로 어느 정도는 향상시킬 수 있지만, 우리의 정신을 채우는 것은 음악을 비롯한 문화일 것이다.

앞에서도 말했지만, 나에게는 삶의 고비마다 위로가 되어준 노래가 있었다. 학창 시절에는 끝없는 사막처럼 펼쳐진 야자 시간에 오아시스가 되어준 '세상에 뿌려진 사랑만큼'이 있었으며, 사람이 더워서 죽을 수도 있겠다는 생각이 들게 한 94년 여름의 신병 훈련소에서는 '날개 잃은 천사'가 있었다. 어학연수를 다녀오고도, 100번 넘게 서류 전형에서 탈락한 IMF 시절의 마이 히든트랙은 '서른 즈음에'였으며, 물리적으로 완벽한 노총각에 접어든 나이에 맞이한 이별의 순간, 자취방의 BGM이 되어준 '알리의 365일'이 있었다. 40대의 나이에 좌천이 되어 아내 몰래 눈물 흘리며, 매일 밤 듣던 해철이 형의 '민물장어의 꿈'이 없었다면 지금처럼 글을 쓰는 나는 없었을 것이다.

우리 삶은 늘 힘겨웠지만, 2020년은 모두에게 참으로 고단한 한 해였다. 이런 시국에 큰일을 해낸 BTS도 대견하지만, 오늘을 견디고 버티는 우리도 대단하다. 제목부터 경박한 두 권의 역사 책(찌라시 세계사, 찌라시 한국사)을 출간한 후, 역사란 무엇일까 하는 질문을 스스로 던져보았다.

역사는 슈퍼 히어로 무비다. 개인의 영달만을 추구하는 한 줌의 빌런들이 세상을 어지럽히면, 도처에 도사리고 있던 (개인의 영달을 포기한) 바보들이 일어난다. 그리고 그 바보들을 지지하고 마침내 그들을 히어로로 만드는 것은 쪽수에서는 밀리지 않는 우리들이다. 기술의 진보는 소수의 천재에 의해 가능하지만, 역사의 진보는 다수의 국민들만이 이룰 수 있다. 오늘의 방탄소년단을 만든 것이 아미라면, 오늘의 역사를 만들어가는 것은 매일 출근하여 삶이라는 전쟁터에서 코로나와 고군분투하는 당신들이다.

먼 훗날 세상이 2020년을 어떻게 기억할지 모르지만, 나는 코로나로 모두가 힘겨워하던 시기에 위안을 안겨준 한 곡의 노래를 떠올릴 것이다.

BTS 고맙다! 지렸다!

내가
사랑한
그리운 것들

나를 조금 더 돌봐야겠다는 생각이 든 이후로, 어떻게 하면 내가 좀 더 단단해질 수 있을까, 내가 진짜 좋아하는 것들은 무엇일까 등에 대한 진지한 고민이 이어졌다. 그러다 보니 과거를 회상하지 않을 수 없었고, 그때는 미처 몰랐던 것들에 대한 그리움들이 밀려왔다. 육체적으로 에너지가 충만하던 시절에는 가지지 못한 것들에 대한 갈망이 컸지만, 나이가 들어가니 내가 당연하게 생각했던 것들, 이미 가지고 있던 것들에 대한 소중함을 뒤늦게 깨닫게 된 것이다.

아버지의 월급봉투를 먹고 자랄 때는 그의 고단함을 몰

랐다. 내가 회사에 두 무릎을 내준 후에야 아버지 어깨에 올랐던 나를 돌아본다. 이제는 월급날 노란 봉투에 통닭을 들고 퇴근하시며 우리를 부르던 아버지의 목소리가 그립다.

삼시 세끼 누구나 밥을 챙겨 먹고사는 줄 알았다. 아버지의 월급봉투의 두께가 달라져도 엄마는 가족을 위해 세 끼를 준비해야 했다. 그때는 가사노동과 가난이 주는 육체적, 심리적 무게를 안고 당신의 청춘을 양념 삼아 요리하던 엄마의 고단함을 몰랐다. 엄마가 직접 구운 김에 밥 세 그릇을 먹던 그때의 소박한 한 끼가 그립다.

80년대 코미디 프로에서는 물을 사 먹는 일이 콩트 소재가 되었고, 그것을 보며 온 가족이 웃었던 기억이 선명하다. 마트에 팔던 물 대신 엄마가 끓인 구수한 보리차를 마시던 시절, 온종일 친구들과 학교 운동장에서 뛰어논 후 거침없이 수도꼭지를 틀고 배부르게 물을 마시던 그 시절이 그립다.

방학마다 찾던 외갓집의 밤하늘에 쏟아지던 별과 메뚜기를 잡다 잠시 올려다본 미세먼지 하나 없던 가을 하늘을 당연하게 생각하던 시절이 그립다. 여름밤 외할머니가 삶아주신 옥수수와 겨울밤 새 모이 주듯 하나하나 까서 손자 손녀 입안에 넣어주던 군밤 맛이 그립다.

누군가의 마음을 얻기 위해 천 마리의 종이학을 접고, 네 잎 클로버를 찾아 헤매던 시절의 고단함이 그립다. 스마트폰으로 쿠폰을 토스하며 생일을 축하하는 대신, 좋아하던 가수의 테이프와 LP를 직접 건네던 시절의 불편함도 그립다.

대학교 과 편지함에 수북이 쌓여있던 전국 각지에서 온 학보와 먼저 입대한 동기들의 편지만큼이나 켜켜이 쌓여있던 스무 살의 나른했던 시간이 그립다.

단체 미팅에서 내가 집은 그 립스틱이 그녀의 것이기를 열망하던 찰나의 순간과 더 빠르게 지나가 버린 내 청춘이 그립다. 심지어 군대에서 축구하던 어떤 날도 그립다.

근래 병원 복도에서 본 엄마의 어깨는 굽어 있었고, 머리는 백발이었다. 첫 월급으로 산 빨간 내복을 들고, 검은 머리에 곧게 선 채 물끄러미 나를 바라보던 엄마의 젊은 모습이 그립다.

병장이 된 것만큼 기뻤던 팀장이 되던 날과 좌천으로 괴로워하던 날들이 버무려진 회사 생활도 언젠가는 그리워질까?

그리고…. 2020년의 끝자락에서 이런 것들이 그리워질 줄 몰랐다.

안부를 가장해 치부를 드러내려는 친척들의 모임이, 생각이 다른데도 하루의 대부분을 함께 보내야만 하는 회사 사람들과의 회식이, 사회생활이라는 명목으로 얼굴을 내밀던 공허하기만 한 연말 모임이 그리워질 줄은 정말 몰랐다.

김 차장의
부캐는
작가

나의 30대를 함께했던 무한도전이 끝나고, 한동안 토요일 오후에 MBC를 트는 일은 없었다. 김태호 PD와 유재석이 다시 뭉친 새 프로그램을 보게 된 건 유재석이 '유산슬'이라는 부캐로 활동하고 나서이다.

"유재석이 트로트 가수를? 부캐는 또 뭐야?"

부캐란 말을 모르고 있으면 왠지 시대에 뒤처질 것 같다는 두려움과 타고난 호기심에 여기저기 검색을 했다. 부캐는 '온라인 게임에서 사용하는 원래 캐릭터가 아닌 또 다른 캐릭터', 즉 부 캐릭터의 줄임말이며, 또 다른 나, 제2의 페르소나쯤으로 설명되고 있었다.

'어라? 그럼 나도 부캐가 있는데?'

나의 본캐는 20년 차 회사원 김 차장이지만, 부캐는 세 번째 책을 출간하는 작가다. 나의 부캐는 연예인의 부캐와는 금전적인 면에서 천문학적인 차이가 있지만, 행복 지수라는 측면에서는 절대 뒤지지 않는다.

본캐는 매일 아침 힘겹게 침대에서 나와 지옥행 열차에 몸을 싣는다. 회사원들이 가장 힘들어하는 건 사실 과도한 업무도, 피곤한 인간관계도 아닌 출근이 아닐까? 출근 자체도 짜증 나는데 하루 왕복 세 시간을 길바닥에서 보내야 하니 이보다 더 성스러운 순례자의 길이 어디 있을까? 그나마 부캐라도 없었다면, 나는 이 고행을 버틸 수 없었을 것이다.

마을버스에서 지하철로 갈아타며 나는 부캐 모드로 전환한다. 글쓰기에 도움이 되는 책 읽기를 시작으로, 지난밤 작업한 글을 수정하거나 새로운 아이디어를 메모하며 회사로 향한다. 오전 8시, 회사 앞 지하철역에 도착해 고민 끝에 결국 단골 커피집으로 향한다. 커피를 하루 2잔만 마셔도 가슴이 두근거리고, 정오 이후 섭취한 카페인 때문에는 잠을 못 이루는 몹시도 예민한 김 차장이지만, 부캐의 레벨을 높이기 위해 커피 한 잔은 필수다. 커피를 마신 날과 그렇지 않은 날의 글은 완전히 다르다. 그렇게 업무를 시작하기 전까지 짬을 내어 글을 쓴다.

오전 9시가 되면 김 차장으로 모드 전환하여 최대한 효율적으로 회사 업무에 집중한다. 그리고 점심시간이나 퇴근 전 자투리 시간을 이용해 글을 쓴다. 전업 작가가 아닌 이상 이런 식으로 시간 활용을 해야 한다.

어떤 이는 회사 일에 글 작업까지 어떻게 할 수 있냐고 묻는다. 몸은 당연히 힘들지만, 정신은 오히려 단단해지기 때문에 가능하다. 회사원이라는 본캐는 생존을 위해 사회로부터 부여받은 것이지만, 작가라는 부캐는 내가 좋아서 선택한 것이다. 부캐로 지내는 시간 동안 몸은 고되지만 신나고 행복하다. 어쩔 수 없는 남의 일, 회사 일에서 얻는 기쁨과 내가 하고 싶은 일을 하는 것에서 오는 기쁨의 크기는 비교 자체가 어불성설이다.

퇴근길은 본캐와 부캐의 재충전 시간이다. 업무상 스트레스가 쌓였거나 글도 잘 써지지 않는 날은 본캐, 부캐 모두 활동을 잠시 멈추고 나에게 휴식을 준다. 퇴근길에는 명상하거나 좋아하는 팟캐스트를 들으며 아무 고민도 걱정도 하지 않는다. 나는 멈추면 비로소 보이는 것들이 있다는 사실을 책이 아니라 경험을 통해서 체득하고 있다.

집에 도착하면 본격적인 부캐의 활동이 이어진다. 식사후, 좋아하는 '한국인의 밥상'이나 '한국 기행' 등을 보며 머리를 식힌다. 그리고 짧은 시간 극한의 에너지를 태울 수 있는 타바타 운동이나 요가를 한다. 부캐가 없이 김 차장만 존재하던 시절엔 퇴근 후 운동은 1년에 한두 번 행하는 행사였다. 그러나 작가라는 부캐를 찾은 후로는 내가 좋아하는 글쓰기를 오래 하기 위해 운동을 빠트리지 않는다.

운동을 마치고 글을 쓰는 동안에는 본캐 김 차장이 가진 모든 걱정으로부터 해방이다. 내일 회의 걱정은 회의 10분 전부터 하면 된다. 이렇게 하루를 마감하고 기분 좋은 피로감에 젖으면 잠도 잘 온다. 단언컨대 내 인생에서 부캐를 찾은 최근 몇 년이 인생의 황금기이다. 부캐 덕분에 좌천으로인한 공황장애도 극복했고, 그 무섭다는 월요병도 물리쳤다. 나는 부캐 놀이에 심취한 중년이다.

내일 잘려도 크게 놀랍지 않은 쉰 살을 목전에 둔 사무직 직장의 멘탈로는 하루하루를 버티기가 너무나 버겁다. 퇴사 당한 선배들의 이야기에 따르면 두 달만 월급이 이체되지 않아도 가장 먼저 연락이 오는 곳이 은행이란다. 선배의 무시무시한(?) 이야기 이후 대출금 걱정을 시작으로 전무한 상태의 노후대비로 생각이 이어지면, 멀쩡한 가족의 건강과 온갖 불행이 나를 덮치는, 끝을 알 수 없는 걱정이 밀려온다. 걱정은 걱정 인형에게 맡기면 좋겠지만, 아무리 봐도 김 차장의 예민한 멘탈만으로 버티는 것은 불가능하다. 아직 일어나지도 않은 일이지만 한 번 걱정이 시작되면 불면의 밤이 시작되고, 수면시간이 부족하니 아침에 일어나기가 더 힘들다. 이런 상태로 출근을 하면 회사에서 실수가 발생하고, 퇴근하면 걱정이 시작되는 악순환이 이어진다.

그래서 부캐가 필요하다. 작가라는 부캐는 아직 경제적인 측면에서는 새싹 수준이다. 그러나 심리적인 측면에서는 나를 지탱해 주는 든든한 버팀목이다. '남들도 다 참고 다닌다'라는 말 같지도 않은 조언과 에너지 음료를 마시고 싸구려 셔츠를 걷어붙이는 일은 전혀 힘이 나지 않지만, 내가 작가라는 생각을 하면 없던 힘도 솟아난다. 부캐의 수입이 본캐의 수입을 앞지르는 날까지 잠시 회사에 다니는 것이라고 최면을 걸면, 회사 생활이 신나지는 않아도 버틸 만하다.

정말 스트레스가 많이 쌓이는 날은 해결되지 않을, 어쩌면 일어나지도 않을 걱정을 하는 대신 회사에 사표를 던지고 전업 작가가 되는 날을 상상해본다. 전업 작가가 되면 아침에 몸에 맞지 않는 커피 대신 차를 마시고, 작업실에서 오전 작업을 한다. 오후에는 하루키처럼 호수 공원을 달린다. 밤이 되면 아내와 친구들, 혹은 취향이 비슷한 사람들과 더불어 보낸다. 이런 상상의 정점은 역시 여행이다. 원고 마감 후, 회사 눈치 보지 않고 최소 2주간 장기 휴가를 간다. 먹고 마시고 수영하고 멍 때리며 나무늘보처럼 늘어질 테다. 이런 상상만으로도 주간 회의 시간에 미쳐 날뛰는 부장을 견딜 수 있다.

우리는 남들과 다르게 살기를 욕망하면서 남들이 가는 길만 따라간다. 니체는 '모두가 가야 할 단 하나의 길이란 아예 존재하지 않는다'고 말했다. 본캐는 남들이 가는 길만 따라가다 선택 당했지만, 부캐는 내가 만들 수 있다.

이제는 머리로 상상만 하고, 가슴속 깊숙이 숨겨두었던 부캐를 꺼낼 시간이다.